„Werde, der du bist."

(Pindar, altgriechischer Lyriker,
um 518 - 442 v. Chr.)

Autorin

Elisabeth Alge-Koranda arbeitete nach dem Abschluss ihres Studiums der Wirtschaftswissenschaften viele Jahre im Konsumgüter-Marketing. Heute ist sie unter anderem als Business Coach mit den Schwerpunkten Kommunikation und Stressmanagement tätig. Sie lebt mit ihrer Familie in Wien.
Mit dem Schreiben von Geschichten und Gedichten hat sie vor einigen Jahren begonnen, um ihre Kreativität ausleben zu können, weil es ihr sehr viel Freude bereitet, und weil alle Eindrücke auch ausgedrückt werden wollen.

Zu diesem Buch

„Aus meiner Erfahrung als Coach weiß ich, dass ein kleiner Impuls manchmal große Wirkung haben kann. Eine gute Frage, ein schönes Gedankenbild, oder auch eine berührende Geschichte bringt dann Menschen weiter - auf ihrem Weg.
Die phantasievollen Geschichten und die anregenden Gedichte sollen Impulsgeber sein für Menschen, die wenig Zeit haben, aber trotzdem gerne abseits vom Alltag über sich und das Leben nachdenken wollen."
(Ich freue mich über Rückmeldungen zum Buch an: office@eakcoaching.at)

Elisabeth Alge-Koranda

FABELhafte Denkanstöße

Kurzgeschichten und Gedichte zum Nachdenken, Schmunzeln und Mehr.

Erstauflage

Autorin: Elisabeth Alge-Koranda
Umschlagbild: Sabine Haidner

Verlag: tredition GmbH, Hamburg
ISBN 978-3-7439-0567-2 (Paperback)
ISBN 978-3-7439-0568-9 (Hardcover)
ISBN 978-3-7439-0569-6 (e-Book)

Printed in Germany

Inhaltsverzeichnis

Grenzen sind verrückbar ... 7
Ich bin einzigartig ... 12
Kurzurlaub - mit allen Sinnen ... 15
Neue Wege entstehen ... 18
Nur ein Papagei ... 21
Allein am Dachboden ... 26
Das unvergessliche Lob ... 29
Momentaufnahmen - *Gedicht* ... 32
Strahlend lächelnde Augen ... 35
Nur ein Blick ... 39
Coaching mit dem grünen Dings ... 41
Wettstreit ... 62
Kündigung ins Leben ... 65
Langsam auf der Überholspur ... 69
Der See der Worte ... 74
Über das Zuhören - *Gedicht* ... 77
Einstellungen sind veränderbar ... 78
Max, der aufmerksame Beobachter ... 83
Ganz viele Luftballons ... 86
Missverständnisse leicht gemacht ... 88
Alles klar?! ... 91
Die brutale Entsorgung ... 94

Die etwas andere Schöpfungsgeschichte 97
Ein steiniges Problem 99
Immer das gleiche Programm 102
Wann komme ich zu Wort? 108
Der leere Topf - Burnout 112
Das Hamsterrad 121
Der Antreiber-Rap - *Gedicht* 123
Was braucht ein Kind? – *Gedicht* 125
Brüderlein & Schwesterlein 127
Was ist Wirklichkeit? 130
Grenzenlos - *Gedicht* 135
Das etwas andere Coaching-Gespräch 137
Ich bin Viele 139
Im Fluss 145
Spiel des Lebens – *Gedicht* 148
Der Sorgenrucksack 150
Lutz kann nicht folgen 154
Aussagen & Antworten im Quadrat 158
Sätze aus der Kindheit 160
Die Söhne des Gärtners 162
So eine Unverschämtheit 167
Die zeitlose Uhr 173
Jetzt ist die Zeit - *Gedicht* 178
Liebesgedichte 180

Grenzen sind verrückbar

Vor langer, langer Zeit – so sagt man - hat sich Folgendes zugetragen. Eine süße, kleine und etwas dickliche Hummel kam auf die Welt. Sie wusste nicht so genau wo sie sich befand, wer sie überhaupt war, was sie tun sollte und schaute sich daher neugierig um. Sie betrachtete den strahlend blauen Himmel über sich, die weißen Wolken - die langsam dahinzogen - und die vielen Grashalme, Blüten und Pflanzen. Sie staunte über all die Pracht, die sie umgab. Sie krabbelte am Boden dahin und nahm alles ganz genau wahr. Die kleine Hummel war zufrieden und genoss die Wärme der Sonnenstrahlen auf ihrem pelzigen Rücken. Sie begegnete verschiedenen Tieren. Ameisen, Käfern und Spinnen, die – so wie sie – munter am Boden dahinkrabbelten. Sie grüßte alle freundlich - mit einem entzückenden Lächeln. Sie beobachtete auch Schmetterlinge und Bienen, die über ihren Kopf hinwegflogen. Sie bewunderte diese Tiere, die so leicht, mühelos und schnell vorankamen.

Sie fragte: „Wer seid ihr und was macht ihr?"

Die Bienen schauten auf die Hummel herunter und antworteten: „Wir sind Bienen und wir fliegen. Wollen wir Freunde sein?"

„Ja, gerne!", rief die Hummel und schon waren die Bienen weitergeflogen und verschwunden. Nach einiger Zeit bemerkte sie ein Hungergefühl. Als sie an einem blühenden Baum vorbeikam, dachte sie: „Ach, wäre es fein, so fliegen zu können wie die Bienen." Die Hummel krabbelte rund um den Baum und entdeckte plötzlich ein riesengroßes Lebewesen. Unerschrocken - wie sie war - lief sie auf den Menschen zu und rief:

„Wer bist denn du?"

„Ich bin ein Mensch, das gescheiteste und klügste Lebewesen auf diesem Planeten", sagte das Riesenwesen.

Die Hummel rief entzückt: „Das trifft sich gut. Wenn du so gescheit bist, kannst du mir sicherlich sagen, ob ich auch auf den Baum raufffliegen kann - so wie die Bienen. Ich bin nämlich hungrig."

Der Mensch schaute sich daraufhin die Hummel ganz genau an, nahm ihre Maße, wog sie, rechnete vor sich hin und sagte dann lachend: „Du süßes, kleines Wesen. Du bist viel zu schwer und dick, du kannst keinesfalls fliegen. Wir Menschen sind sehr klug musst du wissen und wir kennen uns aus mit Physik, mit Aerodynamik und Auftriebskräften. Und nach allem was wir wissen, kannst du deinen fetten Körper niemals in die Lüfte schwingen."

Die Hummel war kurz traurig über diese Worte, krabbelte dann aber guter Dinge weiter und traf nach einiger Zeit die weise alte Eule, die auf der anderen Seite des Baumes auf einem Ast saß und schlief.

Die Hummel - neugierig wie sie war - schrie ganz laut: „Hallo, du da! Wer bist denn du?!"

Die Eule blinzelte mit einem Auge auf die Hummel herunter und antwortete noch etwas verschlafen: „Ich bin die weise alte Eule und zu mir kommen die Tiere, wenn sie etwas wissen wollen."

„Oh super, das trifft sich gut!", rief die kleine Hummel. „Dann kannst du mir sicherlich sagen, wie ich am besten auf diesen Baum raufkomme."

Die Eule wiegte ihren Kopf nach rechts und nach links. Sie bat die Hummel, sich kurz hinzusetzen und sich Zeit für ein paar Fragen zu nehmen.

Eule: „Was würde ein Freund an deiner Stelle machen?"

Hummel: „Tja - ein Freund. Aber ja, die Bienen. Die würden einfach rauffliegen."

Eule: „Aha, die würden also rauffliegen. Und was würden sie dir raten?"

Hummel: „Ja, die würden sicherlich sagen: Flieg doch einfach rauf."

Eule: „Und was brauchst du dazu - zum Fliegen?"

Hummel: „Na ja, ich brauche dazu Flügel - nehme ich mal an. Ja, Flügel und... Flügel habe ich doch!"

Eule: „Was brauchst du noch?"

Hummel: „Ich brauche wahrscheinlich eine gute Abflugstelle, von der ich gut starten kann und schnell mit den Flügeln flattern, das muss ich wohl auch können."

Eule: „Wie würde sich das dann anfühlen, wie wäre es, wenn du es könntest?"

Hummel: „Es wäre super, ich würde mich ganz leicht fühlen. Ich würde bis zum höchsten Ast fliegen und mir den allerbesten Nektar aus all den schönen Blüten holen."

Eule: „Du brauchst also eine Abflugstelle und du musst mit deinen Flügeln ganz schnell schlagen können. Aha. Und was würde schlimmstenfalls passieren?"

Hummel: „Na ja, ich könnte nicht vom Fleck kommen, oder ich könnte eine Bauchlandung hinlegen. Aber das wäre nicht so schlimm."

Eule: „Und was hindert dich dann daran, einfach loszufliegen?"

Die Hummel lachte und antwortete: „Gar nichts, ich probiere es jetzt einfach mal aus. Vielen Dank liebe Eule!"

Gesagt - getan. Die Hummel krabbelte auf ein großes grünes Blatt und begann, ihre Flügel zu bewegen. Langsam, schnell, schneller und immer schneller. Es machte ihr richtig Spaß so zu flattern und plötzlich - die Hummel konnte es nicht glauben - hob sie ab. Sie flog und flog. Anfangs noch etwas holprig und unsicher, aber es ging immer besser und besser und sie flog ganz weit nach oben. Bis zur Spitze des Baumes und zu den schönsten Blüten. Sie holte sich den allerbesten Nektar und war einfach nur glücklich und zufrieden. Sie hatte es geschafft. Sie konnte fliegen.

Als sie bei der Eule vorbeikam, rief sie ihr zu: „Hallo Eule, schau mal wie toll ich fliegen kann! Es ist so schön, ich liebe es und es fühlt sich richtig gut an. 1000mal besser, als ich es mir je vorgestellt habe.“

„Ob ein Mensch klug ist, erkennt man viel besser an seinen Fragen als an seinen Antworten.“
(Francois G. de Lévis)

"Man kann einem Menschen nichts beibringen, man kann ihm nur helfen, es in sich selbst zu entdecken."
(Galileo Galilei)

Ich bin einzigartig

Darf ich vorstellen. Das ist Fridolin. Nein, nicht Fridolin der Drache. Fridolin der Baum. Er ist schon sehr alt und müde, aber auch glücklich, weil er auf ein langes und schönes Leben zurückblicken kann. Ein Leben, das zu Beginn alles andere als lebenswert war. Lassen Sie uns doch zurückblicken - wir gemeinsam - zum Start in ein einzigartiges Leben. Gehen wir zurück ins Jahr 1960, das Jahr von Fridolins Geburt.

Ein kleines Samenkorn, vom Wind mitgenommen und ein Stück davongetragen, fiel auf den Boden. Genau neben eine Steinmauer. Der Boden war ein guter Boden - voller Nährstoffe und er gab alles her, was so ein kleines, zartes Korn zum Wachsen brauchte. Der Boden war immer leicht feucht und schon bald begann das Korn auszutreiben. Eine Wurzel nach der anderen drang tiefer und tiefer in die Erde ein und auch ein kleiner Trieb suchte schon bald den Weg nach oben. Fridolin war geboren. Er war neugierig auf das Leben und wuchs und wuchs.

Nach einigen Wochen passierte etwas, womit Fridolin nie gerechnet hatte. Er wurde abgeschnitten. Eine Sense sauste über ihn hinweg und „Schwupps“, sein Trieb war weg. „Ich will leben!“, rief Fridolin in sich hinein. Er war verzweifelt, dachte aber nicht ans Aufgeben. Wieder und wieder wuchs ein neuer Trieb und wieder und wieder wurde er abgemäht.

Aber irgendwann - Fridolin dachte schon, den Kampf verloren zu haben - konnte er weiterwachsen. Er wuchs heran zu einem kleinen Pflänzchen, wurde immer größer und kräftiger und dachte: „Jetzt ist es geschafft."

Doch was war das? Etwas Hartes und Undurchdringliches. Es gab kein Weiterkommen. Der Weg war versperrt. Eine dicke Mauer. Wenig Licht. Kein Platz. Kein Weiterwachsen war möglich! Fridolin kämpfte, unermüdlich. Er wuchs zur Seite, dann wieder nach oben. Er suchte immer neue Möglichkeiten, im Licht zu bleiben. Er wollte weiterwachsen, er wollte leben! Und tatsächlich, Fridolin wuchs zu einem großen Baum heran. Groß, schief und krumm. Wie eine Schlange schlängelte sich sein Stamm mal nach rechts, mal nach links und mal nach oben.

Eines Tages kam ein Bauer vorbei, schaute Fridolin an und sagte: „Was bist denn du für ein hässlicher, unförmiger Brennholzlieferant geworden?" Fridolin schaute das erste Mal an sich herunter und wurde traurig. Wie anders er war, anders als alle anderen Bäume. „Der Bauer hat Recht. Ich bin einfach nur krumm und hässlich."

Ein paar Tage später kamen einige Kinder vorbei. Fröhlich lachend blieben sie vor Fridolin stehen. „Ja, ja, ich weiß. Ich bin hässlich, schief und krumm", dachte sich Fridolin. „Schaut mal, der Baum!", rief ein Junge mit leuchtend roten Haaren und Sommersprossen. „Los, wer zuerst oben ist!“ Eins, zwei, drei, auf die Mauer rauf, auf den nächsten Ast und schon saßen die Kinder oben. „Ein super Kletterbaum, was?!“, rief der Junge mit den leuchtend roten Haaren.

Von diesem Tag an kamen die Kinder jeden Tag nach der Schule zu ihrem Lieblingskletterbaum. Fridolin genoss diese Stunden. „Ich bin etwas Besonderes. Ich bin einzigartig und die Kinder lieben mich.“

Und so wuchs er weiter und weiter und wurde zu dem, was er ist: Ein einzigartiger, wunderbarer Kletterbaum.

„Alles ist im Keim enthalten, alles Wachstum ein Entfalten.“ (Friedrich Rückert)

Kurzurlaub - mit allen Sinnen

Ruhe. Absolute Ruhe. Kaum zu glauben, wie ruhig es hier ist. Kein Autolärm, kein Stimmengewirr, kein Hupen, kein Kindergeschrei, kein Baustellenlärm, kein Hundegebell, kein Handy-Klingeltonkonzert. Einfach nur Ruhe. Wie lange ist es her, dass ich diese absolute Ruhe hören konnte? Mir kommt es ewig vor, aber wie auch immer. Jetzt bin ich da und meine ***Ohren*** jubeln über diese wunderbare und absolute Stille.

Ruhe. Absolute Ruhe. Nichts rundherum ist in Bewegung. Nichts rührt sich. Keine vorbeirasenden Autos, kein Fußgängerstrom, keine einfahrende U-Bahn, kein vorbeilaufendes Kind, keine sich balgenden Hunde, kein hektisches Getue. Einfach keine Bewegung. Alles steht still. Ein einzigartiges Bild umgibt mich. Ich stehe auf dem Hügel im saftig grünen Gras, in einem wunderschönen Blütenmeer. Neben mir hohe Bäume - stark, kräftig, die bis in das unendliche Blau des Himmels ragen. Wie lange ist es her, dass ich diese absolute Ruhe sehen konnte? Egal, jetzt bin ich da und meine ***Augen*** strahlen und jubeln über diese wunderbare, absolute Stille.

Ruhe. Absolute Ruhe. Nur ein herrlicher Duft steigt mir in die Nase. Der Duft von feuchter Erde, der Duft nach frischem Grün, nach Kräutern, Gräsern und Blüten. Nichts sonst. Kein Gemisch aus

Autoabgasen, schwitzenden Menschen, feuchtem Hundefell und undefinierbaren Gerüchen. Ein einzigartiger Duft umgibt mich. Ich atme tief und fest und mein Atem fließt wie von selbst ganz tief in mich hinein. Wie lange ist es her, dass ich diese tiefe und bewusste Atmung erleben, diesen einzigartigen Duft riechen konnte? Wie auch immer. Jetzt bin ich da und meine ***Nase*** jubelt. Ganz tief und fest einatmen und langsam aus. Und ein und aus.

Ruhe. Absolute Ruhe. Ich stehe auf diesem Hügel und ein ganz leichter Wind, nur ein Hauch von frischer Luft, streicht durch mein Haar, weht sie sanft nach hinten und berührt meine Haut. Wie wunderbar fühlt sich das an. Mein ganzer Körper empfindet diese Berührungen durch die Luft und es fühlt sich so richtig gut an. Kein Gerempel beim Einkaufen, kein Geboxe beim Einsteigen in die U-Bahn, kein Engegefühl im überfüllten Bus, kein Gefühl des Verschwitztseins, kein Herzrasen, kein Stressgefühl, kein Ärger über einen anstrengenden Kollegen. Nichts davon. Einfach ein gutes ***Gefühl*** - frisch, frei, leicht. Einfach nur da sein. Wie wunderbar. Wie lange ist es her, dass ich mich so richtig gut spüren konnte? Egal, jetzt bin ich da und kann es in vollen Zügen genießen.

Bewusst wahrnehmen und diese bewegende Ruhe genießen, dankbar sein können, für diesen einzigartigen Anblick. Mein ***Herz*** schlägt ruhig und fest, regelmäßig und glücklich.

Ich stehe da. Mein ***Kopf*** fühlt sich immer leichter und freier an, keine belastenden Gedanken mehr, kein Grübeln, kein Nachdenken über dies und das. Einfach nur eine Leere, die keine Leere ist. Eine Leere, die ganz viel in sich trägt. Alles ist auf einmal so klar. Wie leicht kann Leben sein!

„Oft sind es gut genutzte Mußestunden, in welchen der Mensch das Tor zu einer neuen Welt findet."
(George M. Adams)

„Ruhe ist nicht bewegungsfremd, sondern nur ein Sonderfall der Bewegung." (Oswald Spengler)

Neue Wege entstehen

Mein Name ist Charly und ich bin einer von vielen. Ich führte früher ein ganz normales Leben. Wie alle anderen auch. Morgens hieß es früh aufstehen und raus zur Arbeit. Den ganzen Tag lief ich eine kleine Straße rauf und runter. Sie führte von unserem Ameisenhaufen am Waldesrand über die Wiese bis zur anderen Seite. Hin und her und her und hin. Ich war damit recht zufrieden, denn den Weg kannte ich schon ewig. All meine Kumpel liefen denselben Weg entlang und dadurch war er schon recht ausgetreten, breit wie eine Autobahn. Ich hatte ein angenehmes Leben, mit wenig Neuem, wenig wirklichen Anstrengungen und es ging mir gut damit.

Doch aus dem bisher Gesagten, haben Sie sicherlich schon vermutet, dass es dann irgendwann anders wurde. Und so war es auch. Wir haben nämlich einen neuen Chef bekommen. Ein totaler Wichtigtuer und Besserwisser. Er meinte bei einer unserer Versammlungen, dass wir besseres Futter auf der rechten Seite der Wiese finden könnten und daher ab dem nächsten Tag eine neue Straße zu bauen sei. Meine Gedanken überschlugen sich. „Ja, was stellt sich denn dieser Schlaumeier vor!? Das geht doch nicht so einfach und schnell. Wir brauchen doch Wochen dazu und wer weiß, was uns dort rechts dann erwartet? Woher will er denn wissen, dass dort besseres und mehr Futter ist?" Auch meine Kumpel waren alles andere als erfreut über diese Arbeitsanweisung, aber wir mussten da durch. Was hätten wir denn tun sollen? Fortgehen, einen Aufstand anzetteln? Wäre sicherlich auch mit viel Aufwand verbunden gewesen und der Erfolg war ungewiss. Es gab nämlich auch Kollegen und Kolleginnen, die meinten, sie freuen sich schon auf das Abenteuer, die Herausforderung und die neue Futterstelle. Endlich mal was Neues, meinten sie nach der Versammlung. „Na sind die noch ganz dicht?!", war mein erster Gedanke dazu. Aber was blieb mir übrig: Augen zu und durch. Am nächsten Morgen ging es los!

Und heute stehe ich da, ich - Charly, der Arbeiter - und schaue zurück auf das, was wir gemeinsam geschaffen haben. Was soll ich Ihnen sagen, es war furchtbar viel Arbeit, jeder Schritt war mühsam und anstrengend, ich schuftete von morgens bis abends. Grashalme mussten entfernt werden, Erdklumpen auf die Seite geschleppt, Blätter zerteilt und vieles mehr. Es war anstrengend und hat mich wirklich viel Kraft und Energie gekostet. Meine schlechte Laune bei der Arbeit und mein Ärger über dieses neue Projekt kosteten mich wahrscheinlich nochmals so viel Kraft und Energie (und die hätte ich mir echt sparen können). Und jetzt. Jetzt sind schon Monate vergangen. Wir haben nicht nur eine neue Straße, sondern eine Vielzahl neuer Wege gebaut. Die Wege sind jetzt alle schön breit und ausgetreten. Es läuft sich ganz leicht und schnell und ich weiß gar nicht mehr, welches unsere erste Straße war. Umso öfter wir darüber gelaufen sind, umso einfacher ging es. Wie von selbst.

Und ja, bevor ich es vergesse. Wir haben mit jeder Straße auch neue Futterquellen erschlossen und ich muss zugeben, das hat schon was. Lecker diese Vielfalt. Die vielen Möglichkeiten, die wir jetzt haben. Und falls mal eine Straße blockiert werden sollte, haben wir noch all die anderen. Wir können jeden Tag auswählen und das ist wunderbar.

"Wege entstehen dadurch, dass man sie geht."
(Franz Kafka)

„Es gibt nichts Dauerhaftes außer der Veränderung."
(Heraklit)

Nur ein Papagei

Frau Zoffi ist unendlich traurig. Gestern ist ihr Hund Struppi gestorben. Er ist einfach vom Nachmittagsschläfchen nicht mehr aufgewacht. Struppi ist schon alt gewesen und in den letzten Monaten hat sich Frau Zoffi fast rund um die Uhr um ihn kümmern müssen. Er hat kaum noch gehen können und die meiste Zeit haben sie daher gemeinsam zu Hause verbracht. Frau Zoffi hat ihren - über alles geliebten - Struppi gepflegt und gehegt, so gut es ging. Sie ist nur noch kurz einkaufen gegangen, hat nur das Notwendigste erledigt und wollte sonst die Zeit mit Struppi verbringen, solange das noch möglich war. Was ist ihr denn sonst noch geblieben - von ihrem früheren Leben? Ihr Mann ist schon lange tot, ihr Sohn lebt in Amerika und sie sehen sich ganz selten.

Jetzt ist es vorbei. Struppi ist tot und Frau Zoffi fragt sich, wozu sie überhaupt noch am Leben ist. Sie ist traurig, weint viel, fühlt sich allein und ist total unglücklich.

So vergehen einige Tage und der Zustand von Frau Zoffi bleibt unverändert hoffnungslos.

Doch dann, eines Morgens, geht sie kurz auf ihren Balkon, um die Pflanzen zu gießen, die auch schon ganz traurig aussehen und lässt das Wasser in die Töpfe fließen. Sie sieht zu, wie die Pflanzen das Wasser gierig aufsaugen und hängt so ihren

Gedanken nach, als sie plötzlich ein Geräusch hinter sich wahrnimmt. Was ist das? Sie dreht sich um und schaut vollkommen sprachlos auf das, was sie dort am Balkongeländer sitzen sieht. Ein bunter Papagei!

„Ja schau mal einer an, wie kommst du denn da her?" fragt Frau Zoffi ganz erstaunt. Noch viel mehr erstaunt ist sie, als der Papagei leise krächzt: *„Und was ist das Gute daran?"* „Du kannst ja sogar sprechen!", ruft Frau Zoffi entzückt und sie fängt an, dem Papagei ihre Lebensgeschichte zu erzählen. Als sie zum Tod von Struppi – ihrem über alles geliebten Hund – kommt und ihr die Tränen in die Augen schießen, krächzt der Papagei wieder: *„Und was ist das Gute daran?"* Frau Zoffi wird zornig. „Gar nichts ist daran gut, du blödes Tier. Wie kannst du nur so herzlos daherreden. Pfui, schäm´ dich!" Der Papagei schaut sie neugierig und voller Erwartung an. Frau Zoffi denkt kurz über das Gesagte nach. „Na ja, das einzig Gute daran ist, dass ich dich jetzt mit in meine Wohnung nehmen kann. Denn wenn Struppi noch wäre, dann hätte der dich gleich wieder rausgejagt oder gefressen." Frau Zoffi muss innerlich schmunzeln, streckt ihre Hand aus und siehe da, der Papagei setzt sich gleich darauf und lässt sich anstandslos mit ins Wohnzimmer nehmen.

An diesem Tag ist Frau Zoffi sehr beschäftigt. Sie geht einen Vogelkäfig, Vogelfutter, eine Tränke und eine Sitzstange für ihren neuen Mitbewohner kaufen. Sie richtet dem Papagei eine gemütliche

Ecke im Wohnzimmer ein und am Abend ist sie froh darüber, jetzt nicht mehr allein zu sein.

Plötzlich läutet das Telefon, ihre liebe Freundin Mathilde ist dran. Sie haben sich schon lange nicht gehört und Frau Zoffi erzählt ihr die Ereignisse der letzten Tage und auch von Struppis Tod. *„Und was ist das Gute daran?"*, hört sie krächzend aus der Ecke. Mathilde konnte es auch hören und sagt: „Nicht sehr sensibel dein neuer Freund, aber etwas Gutes gibt es doch wirklich. Du hast jetzt wieder mehr Zeit für dich und für mich." Und so kommt es, dass sich die zwei Freundinnen für den nächsten Tag verabreden. Und obwohl der neue Mitbewohner in dieser Nacht immer wieder Krach macht, kann Frau Zoffi endlich wieder mal richtig gut ein- und durchschlafen.

Wie vereinbart treffen sich die zwei Freundinnen am nächsten Tag im Kaffeehaus im Park. Sie plaudern wie in alten Zeiten. Dazwischen überkommt Frau Zoffi zwar immer wieder mal ein wenig Traurigkeit, aber für sie wird es ein schöner Nachmittag. So, wie sie es schon lange nicht mehr hatte.

So vergehen einige Wochen und Frau Zoffi wird immer aktiver. Sie beschäftigt sich viel mit ihrem neuen Mitbewohner, dem sie irgendwann den Namen Rudi gibt, und sie fühlt sich von Tag zu Tag besser.

Eines Tages trifft sie wieder ihre gute Freundin Mathilde im Kaffeehaus und sie plaudern und tratschen vergnügt, genießen den Kaffee und die

Frühlingsluft im Park. Frau Zoffi berichtet über die neuesten Erlebnisse mit Rudi.

Wie sie so von ihrem Papagei erzählt, kommt plötzlich ein Mann zu ihrem Tisch. „Entschuldigen Sie, meine Damen. Es ist normalerweise nicht meine Art, mich in fremde Gespräche einzumischen, aber haben Sie wirklich einen sprechenden Papagei?“, fragt der ältere Mann und wendet sich Frau Zoffi zu. Der Mann erzählt davon, dass er auch einen Papagei besessen hat, der aber leider verschwunden sei. So kommen sie ins Gespräch und es stellt sich heraus, dass der ältere Mann ein wahrer Gentleman ist. Frau Zoffi findet ihn – er heißt Manfred Denk - außerordentlich sympathisch. So gepflegt und freundlich. Irgendwie erinnert er sie an ihren verstorbenen Mann. Sie verabreden sich für den nächsten Nachmittag.

Als Herr Denk weg ist, meint Mathilde: „Könnte es nicht sein, dass Rudi der verschwundene Papagei von Manfred ist?“ Dieser Gedanke geht Frau Zoffi nicht mehr aus dem Kopf. Das wäre ja furchtbar. Sie will Rudi nicht mehr hergeben. Sie hat ihn total liebgewonnen in den letzten Wochen. Daheim angekommen, erzählt sie ihre Erlebnisse und die Vermutung ihrer Freundin gleich mal Rudi und der krächzt wieder: *„Und was ist das Gute daran?“* „Gar nichts“, zischt Frau Zoffi verbissen und verärgert. Vor dem geplanten Treffen mit Herrn Denk am nächsten Tag überlegt Frau Zoffi hin und her, ob sie ihm ihre Geschichte vom zugeflogenen Papagei erzählen soll. Sie findet darauf keine Antwort.

Am nächsten Nachmittag ist es soweit. Sie treffen sich. Frau Zoffi genießt jede Minute. Herr Denk macht ihr Komplimente, sie plaudern so, als ob sie sich schon ewig kennen würden und sie verspürt ein Kribbeln in ihrem Bauch, wenn Herr Denk sie mit seinen noch so jungen, neugierigen und gutmütigen braunen Augen anschaut. Und da beschließt Frau Zoffi, ihre Geschichte zu erzählen. Herr Denk wird ganz euphorisch und meint: „Das wäre wirklich ein Zufall, wenn du meinen Papagei hättest. Komm – lass uns das doch einfach überprüfen." Die beiden gehen gemeinsam zur Wohnung von Frau Zoffi. Als sie die Tür aufsperrt, wird sie ganz nervös. „Hoffentlich ist Rudi ein anderer. Hoffentlich nimmt Manfred mir meinen lieben Papagei nicht weg."

Sie gehen gemeinsam ins Wohnzimmer und Rudi beginnt aufgeregt zu flattern, weil er seinen früheren Besitzer erkennt. Er krächzt: *„Und was ist das Gute daran?"* „Das Gute daran ist, dass ich durch dein Davonfliegen die Frau meiner Träume kennengelernt habe", lacht Herr Denk, dreht sich um und nimmt Frau Zoffi in die Arme.

„Das Negative sehen, aber das Positive danebensetzen."
(Sir Hendrik Graf Bentinck)

Allein am Dachboden

Ich war allein zu Hause. Zum ersten Mal. Endlich konnte ich dorthin, wo ich schon lange hinwollte. Auf unseren alten Dachboden. Meine Eltern hatten mir immer verboten, dort hinaufzuklettern - welch´ Ansporn es doch zu tun. Mein älterer Bruder Philipp erzählte immer von Geistern und Ungeheuern, die dort oben ihr Unwesen treiben würden - welch´ Angst es doch zu tun.

Diese Chance musste ich nutzen, komme was wolle. Ich wollte endlich wissen, was dort oben wirklich war. Ich kletterte also die alten Holzsprossen hinauf und öffnete die schwere, dicke Holztür. Sie knarrte. Ich erschrak. Ein unheimliches Geräusch. Ich zögerte. „Soll ich es wirklich wagen?" Meine Knie waren weich, mein Herz klopfte mir bis zum Hals. Aber ich war mutig und stieg hinauf - auf unseren alten, staubigen Dachboden. Finsternis, stickige Luft und viele dunkle Schatten - die in meiner Fantasie zu Ungeheuern wurden. Eine Kiste fiel um. Ich schrie vor Angst. Leise Schritte. Ich drehte mich um, lief um mein Leben und blieb vor der Holzleiter stehen. Doch was war das? Etwas Warmes, Weiches schmiegte sich um mein Bein. Unsere alte Katze hatte wohl auf einer Kiste geschlafen und wurde durch mich aufgeschreckt. „Ach, du bist also das Dachboden-Ungeheuer." Ich drehte mich wieder um. Meine Augen hatten sich schon etwas an die Dunkelheit gewöhnt und als mein Blick so über den Dachboden schweifte, blieb er an einer großen, alten Kiste hängen. Ich ging langsam und vorsichtig darauf zu. Es war eine richtige Piratentruhe. So, wie ich es aus Philipps Büchern kannte. Eine Schatzkiste! Die unangenehmen Gefühle, die Angst, alles war plötzlich vergessen. Ich hatte einen Schatz gefunden, da war ich mir sicher.

Ich öffnete die unversperrte Kiste ganz vorsichtig. Sie knarrte. Der Deckel war schwer. Die Kiste war voll von Schätzen! Eine alte Uniform mit Goldstreifen, alte Bücher mit verzierten Ledereinbänden - sie rochen nach Abenteuer und Weisheit. Ketten und Armreifen - bunt und protzig. Alte vergilbte Fotos - lachende Gesichter schauten mir entgegen. Alte Stöckelschuhe aus Stoff und viele Steine - manche waren bemalt, manche hatten witzige Formen. Ein Stein gefiel mir besonders gut. Er hatte die Form eines Herzens und passte genau in meine Hand. Ich betrachtete ihn ganz genau. Seine Form war wirklich einzigartig und er hatte viele Einschlüsse - gemeinsam ergaben sie ein wunderschönes Muster. Er war grau, aber ein Hauch von Rosa gab ihm so viel Lebendigkeit. Meine Hand wurde warm, der Stein wurde warm. Er lag in meiner Hand und fühlte sich so angenehm an. Seine glatte Oberfläche, seine Wärme, seine Kraft und Energie. Ein Schatz - ich hatte einen Schatz gefunden!

Plötzlich ein Knall. Ich erschrak und beinahe wäre er mir aus der Hand gefallen - mein Schatz.

Ich machte die Kiste schnell zu, lief zu der Holzleiter und kletterte flink die Sprossen hinunter.

Mein Vater war nach Hause gekommen. Schnell und unentdeckt konnte ich in mein Zimmer laufen. Den Stein hielt ich fest in meiner Hand und zeigte ihm mein Zimmer.

„Abendessen ist fertig!“ Ich musste runter in die Küche. Philipp und mein Vater saßen schon bei Tisch. Ich setzte mich dazu und mein ganz besonderer Stein war natürlich mit dabei. Ich legte ihn stolz neben meinen Teller. Der Blick meines Vaters versprach nichts Gutes. „Was machst du mit diesem blöden Stein beim Essen?! Wirf ihn in den Bach, wo er hin gehört! Nur Schwachsinnigkeiten habt ihr im Kopf!“

Heute bin ich 42 Jahre alt und den Stein besitze ich immer noch. Er liegt in einer schönen Schachtel - mein Schatz - und er erinnert mich immer an diesen Nachmittag vor 36 Jahren. Damals, als die kleine Sophie so mutig war, allein auf den Dachboden kletterte, sich nicht von ihrem Ziel abbringen ließ und dann ihren Schatz gefunden hat. Und immer, wenn mir genau dieser Mut fehlt, denke ich an diesen Stein und weiß: „Ich schaffe das.“

„Die Dinge haben nur den Wert, den man ihnen gibt.“
(Molière)

Das unvergessliche Lob

Ich möchte Ihnen gerne eine Geschichte aus meinem Leben erzählen. Nichts Besonderes. Eine Situation wie sie oft vorkommt. Und trotzdem, dieses eine Erlebnis ist in meinem Kopf und meinem Herzen. Fest eingeprägt, klar, unvergesslich und es fühlt sich heute noch an wie damals. Was war damals anders, wie war ich damals anders, was habe ich anders gemacht, um diese Wirkung möglich zu machen? Ich will Sie nicht länger neugierig machen und schildere Ihnen einfach kurz das Ereignis, das für mich so besonders und damit erinnerungswürdig war.

Vor 15 Jahren arbeitete ich in der Marketingabteilung eines amerikanischen Konzerns. Ich hatte Freude an meinen Aufgaben, Spaß mit den Kolleginnen und Kollegen und arbeitete viel. Es gab nur einen Menschen im Unternehmen, mit dem war es für mich und andere nicht leicht auszukommen. Das wäre an sich noch kein Problem, denn „man muss ja nicht mit jedem können". Es war deshalb ein Problem, weil er der Ober-Chef war und damit gab es für mich immer wieder Berührungspunkte. Die Begegnungen hielten sich Gott sei Dank in Grenzen und ich musste daher nur selten seine launischen Ausbrüche über mich ergehen lassen. Und dann, irgendwann hat sich Folgendes zugetragen.

Die alljährliche Außendiensttagung stand vor der Tür und damit war das Marketingteam und auch ich gefordert. Wir arbeiteten viel, oft bis spät in die Nacht und da es für mich die erste Präsentation in diesem Rahmen werden sollte, war ich besonders motiviert, eine gute Arbeit abzuliefern. So vergingen die letzten Tage vor der Präsentation wie im Fluge und ich verspürte eine gewisse Aufregung und Anspannung. Die Präsentation verlief gut und ich war zufrieden. Ein wirkliches Erfolgsgefühl empfand ich aber nicht. Und da passierte es.

Es war in der Pause zwischen den Präsentationen, als plötzlich der Ober-Chef auf mich zukam. Für kurze Zeit wurde ich unruhig und dachte mir: „Was habe ich bloß falsch gemacht?" „Gratuliere, das war die beste Marketing-Präsentation, die ich in diesem Unternehmen jemals gesehen und gehört habe." Baff, das hat gesessen. Ich war sprachlos und konnte gar nicht begreifen, dass dieser Satz soeben gesagt wurde - von ihm - dem Ober-Chef. Ich bedankte mich daher nur kurz und hörte im Nebelrauschen seine weiteren Worte: „...einfach und klar...kein Fachchinesisch...überzeugend und motivierend...". Das war´s. Ich wurde gelobt von einem Menschen, von dem ich es nie erwartet hatte, von einem Menschen, den ich zwar fachlich schätzte, aber menschlich ganz klar ablehnte und genau dieses Lob habe ich mein Leben lang nicht vergessen. Viele andere „Lobeshymnen" habe ich gar nicht so wirklich wahrgenommen und nicht in mich reingelassen, sie nicht ernst genommen, oder sogar als „falsch“ abgestempelt. Und genau dieses eine Lob ist in mir und wird es immer bleiben.

Das war also die Geschichte, die ich mit Ihnen teilen wollte und vielleicht können Sie mir sagen, was dieses Lob zu etwas Besonderem für mich gemacht hat. Was war der Grund, der Auslöser dafür, dass dieses Lob so wirkungsvoll war? War es die Würdigung der vielen Arbeit, die in der Präsentation steckte? War es, weil das Lob von einem Menschen kam, dem man es sonst nie Recht machen konnte? War es, weil er Stärken herausgestrichen hat, die ich auch als meine Stärken gesehen habe? War es, weil ich gerade offen und bereit dazu war, Lob auch anzunehmen? War es, weil ich die Worte genau in dieser Situation als total ehrlich und aufrichtig wahrgenommen habe? Vielleicht alles zusammen? Ich weiß es nicht und bin zu dem Schluss gekommen, dass das auch vollkommen egal ist. Dieses Lob hat gewirkt, es hat sich bei mir ganz fest eingenistet. Es ist ein Teil von mir, Energie in mir geworden, die ich mir immer wieder holen kann und genau das macht es zu etwas Besonderem für mich. Nur das ist wichtig.

Momentaufnahmen - *Gedicht*

Wie ein Baby im Bauch – so unvergesslich.
Geborgenheit. Liebe. Unendliches Glück.
So war es immer, dieser Augenblick.
Sie war für mich da, sie machte mir Mut,
in den Armen meiner Mutter wurde alles gut.

Wie ein Vogel so frei – so unvergesslich.
Ich reiste und lebte mal hier und mal dort.
Unendliche Freiheit – an jedem Ort.
Ich zog immer weiter, war gerne auch allein,
keinen Moment will ich missen, so soll Leben sein.

Wie ein Adler so stolz – so unvergesslich.
Ich war ganz oben, der Berg war bezwungen,
trotz Zweifel und Ängsten, es war mir gelungen.
Dieser Blick, das Gefühl, voller Stärke und Kraft,
war einfach nur schön, ich hatte es geschafft.

Wie ein Gemälde so wertvoll - so unvergesslich.

Du lagst neben mir, wir zwei ganz allein.

Unendliches Glück - sollte ewig sein.

Deine Augen geschlossen, ein Lächeln im Gesicht,

mein Liebster schlief zufrieden, ich weckte ihn nicht.

Wie der Duft einer Rose - so unvergesslich.

Nur du und ich, wir zwei ganz allein.

Unendliche Liebe - wird ewig sein.

Zart und zerbrechlich, die Haut gar so fein,

mein Baby in den Armen, es war noch so klein.

Wie ein glückliches Kind - so unvergesslich.

Wir tollten und tobten, wir Eltern allein,

wir rollten am Boden und lachten dabei.

Voller Spaß, unbeschwert - ohne Sorgen.

Vergessen war alles. Das Gestern und Morgen.

Wie der Fels in der Brandung - so unvergesslich.

Wir hielten zusammen, was auch immer geschah,

meine kleine Familie - sie war für mich da.

Sie war mein Leben, mein Halt und mein Glück,
ich denke so oft und gerne zurück.

Unser Abschied war traurig - so unvergesslich.
Nur du und ich. Wir zwei ganz allein.
Ich hielt deine Hand, wollte bei dir sein.
Doch dann warst du fort, warst nicht mehr bei mir.
Unsere Liebe währt ewig, das versprech´ ich dir.

Das ist mein Leben - so unvergesslich.
Und bin ich jetzt manchmal auch einsam, allein,
meine Erinnerungen sind da und sind ganz mein.
Ich blicke zufrieden auf die Momente voller Glück.
Wertvoll, unvergesslich - war davon jeder.
Jeder Augenblick.

„Monde und Jahre vergehen, aber ein schöner Moment leuchtet das Leben hindurch.“(Franz Grillparzer)

„Das Leben ist ein ewiger Abschied. Wer aber von seinen Erinnerungen genießen kann, lebt zweimal.“ (Marcus Valerius Martial)

Strahlend lächelnde Augen

Michael fährt jeden Tag mit der U-Bahn ins Büro.

13. März 8.00 Uhr:

Die U-Bahn fährt ein. Michael geht ein Stück vor, um der Erste bei der Tür zu sein. Heute hat er Glück und findet ein freies Plätzchen gleich neben dem Eingang. Gegenüber - eine Frau mittleren Alters. Ihre Mundwinkel sind nach unten gezogen. Ihr Blick ist traurig. Daneben - ein junger Mann, der hektisch einen riesigen Stapel mit Unterlagen durchsucht. Bei der nächsten Station springt der junge Mann auf und versucht, den losen Stapel irgendwie unter seinem Arm zu fixieren. Hinter ihm - zwei Leute, die anfangen zu streiten. „Sie haben doch gesehen, dass ich mich auf diesen Platz setzen möchte." „Wer zuerst kommt, mahlt zuerst." „Falls Sie schlecht geschlafen haben, dann lassen Sie Ihren Grant bitte zu Hause aus, aber nicht bei mir." „Sie unverschämter Schnösel, was glauben Sie eigentlich wer Sie sind ...?"

Michael kommt an diesem Morgen genervt im Büro an – wie jeden Tag.

13. April 8.05 Uhr:

Michael hat wieder Glück gehabt. Ein Sitzplatz gleich neben dem Eingang. Daneben – ein Mann mit struppigem Haar, zerknitterter Jacke. Er sieht unausgeschlafen aus und starrt Löcher in die Luft.

Gegenüber - sitzt wieder die Frau, die er schon öfters beobachtet hat. Sie wirkt heute noch trauriger. Ihre Augen schauen verweint aus. Hinter Michael - zwei Jugendliche mit Stöpseln in den Ohren. Die Musik ist so laut, dass er mithören kann. Leider.

Als er das Bürogebäude betritt, blickt er kurz in den Spiegel gegenüber vom Empfang. All die grantigen, hektischen und traurigen Gesichter, die er so tagein und tagaus in der U-Bahn beobachtet, blicken ihn an.

Ein Tag wie jeder andere.

13. Mai 8.03 Uhr:

Ein sehr warmer Tag und es regnet. Michael hat keinen Sitzplatz gefunden. In der U-Bahn ist es dunstig und stickig. Sein Hemd klebt schon nach kurzer Zeit an seiner Haut. Neben ihm steht ein alter Mann. Gerötete Augen. Mundgeruch. Zerschlissenes Gewand. Und doch ist er froh, keinen Sitzplatz zu haben. Das Festkleben auf den Sitzen wäre noch unerträglicher. Vor ihm drängt sich ein junger Mann durch die Menschenmassen. Er streift einer Frau mit seinem nassen Schirm über die Beine. „Können Sie nicht aufpassen!", schreit die Frau genervt auf. „Entschuldigung", murmelt der junge Mann. Wie ich es hasse, keinen Sitzplatz zu haben, denkt Michal.

Michael betritt sein Büro angespannt und genervt - wie jeden Tag.

13. Juni 8.00 Uhr:

Ein extrem heißer Tag. Michael springt in letzter Sekunde in die U-Bahn. Geschafft. Er findet einen freien Platz. Welches Glück, nicht neben all den verschwitzten Leuten stehen zu müssen. Daneben – der junge Mann mit den Unterlagen. Den kennen wir doch schon. Er sucht wieder hektisch nach irgendwelchen Zetteln. Gegenüber – eine attraktive Frau. Sie schminkt sich. Sie wirkt nervös und trägt hektisch ihr Make-Up auf. Bei der nächsten Station springt sie auf. Der junge Mann ebenso. Beide drängen zum Ausgang. Die stickige Luft wird immer unerträglicher.

Michael ist froh, als er die U-Bahn verlassen kann - „gut gelaunt" wie immer.

13. Juli 8.04 Uhr:

Ein Tag wie jeder andere. Michael ist erleichtert über einen Sitzplatz. Daneben – ein junges zartes Mädchen mit einer riesengroßen Schultasche am Rücken. Sie ist sehr blass. Ihre Augen passen nicht zu ihr. Sie haben so gar nichts von neugierigen und fröhlichen Kinderaugen. Sie lernt Vokabeln. Ihre Gedanken sind aber woanders. Zwei Reihen weiter - die Frau mit dem traurigen Blick. Heute wirkt sie noch lebloser. Ihr Blick geht ins Nichts. Unter ihrem rechten Auge zeichnet sich ein blauer Fleck ab.

Plötzlich zieht etwas anderes seinen Blick weg – weg von der traurigen Frau. Sein Blick bleibt bei der Dame gegenüber hängen. Sie ist sehr alt. Viele Falten durchziehen ihr Gesicht und sie lächelt. Sie lächelt freundlich und wirkt so zufrieden, fröhlich und ausgeglichen. Der alten Dame fällt eine Zeitschrift aus der Hand. Er beugt sich hinunter, hebt die Zeitschrift auf und gibt sie ihr zurück. „Vielen herzlich Dank", strahlt sie ihn an. „Das ist wirklich sehr lieb von Ihnen." Diese Augen - so jung und strahlend, dieses Lächeln - so lebendig und fröhlich. „Das ist doch selbstverständlich. Gerne geschehen", antwortet er noch schnell bevor er aufsteht. Er muss aussteigen.

Als Michael an diesem Tag das Büro betritt, hat er ein Lächeln auf den Lippen. Er fühlt sich irgendwie anders. Mit Freude setzt er sich hinter seinen Schreibtisch. Ein wunderschöner und erfolgreicher Tag hat begonnen.

„Nichts in der Welt wirkt so ansteckend wie Lachen und gute Laune." (Charles Dickens)

Nur ein Blick

Jeden Tag fahre ich diese Strecke. Morgens hin, abends zurück. Von Montag bis Freitag. Jede Woche. Jeden Monat, das ganze Jahr. Viele gleiche Gesichter. Müde, traurig, verschlossen und frustriert. Ich nehme sie nicht mehr wahr, die Mitmenschen. Die Mitreisenden, die mir so tagein und tagaus im Zug begegnen. Ich bin zu müde, zu gelangweilt, oder zu weit weg mit meinen Gedanken. Weit weg vom Hier und Jetzt. Weit weg von mir selbst. Zu viele Sorgen und Ängste vor dem, was kommt. Zu viel Frust und Ärger über das, was war. Zu viel Nichts. Zurückgezogen in meinem Schneckenhaus sitze ich manchmal da, denke an nichts und an alles zugleich, nehme meine Umwelt nicht wahr, höre nicht einmal mehr das gleichmäßige Rattern der Räder und bin auch nicht bei mir. Wo ich dann bin? Ich weiß es nicht.

Jeden Tag fahre ich diese Strecke. So auch heute. Ich habe einen Sitzplatz gleich neben der Tür. Ich sitze erschöpft in meinem Sitz und lehne den Kopf zurück. Bevor ich die Augen schließe, schaue ich zu meinem Gegenüber. Eine alte Frau sitzt dort. Eine sehr, sehr alte Frau. Sie lächelt. Und dann, dann blicke ich in ihre blauen Augen. Ich blicke in diese von ledriger und faltiger Haut eingerahmten Augen, die so jung und fröhlich aussehen, so strahlend und klar, so lachend und jung. Diese Augen, die sicher schon ganz oft gelacht und geweint haben. Diese Augen, die manchmal im Streit zornig gefunkelt und beim Versöhnen warmherzig berührt haben. Diese Augen, die sich in Momenten der Liebe sicherlich völlig geöffnet und den Blick freigegeben haben, bis zum Innersten der Seele. Diese so alten jungen Augen, die schon mehr gesehen und erlebt haben als viele andere Menschen hier im Zug. Sie sind von einer einzigartigen Lebendigkeit, Offenheit und Zufriedenheit.

Sie sind einfach nur schön. Schön und berührend.

Es war nur ein Blick. Ein kurzer Augenblick und doch weiß ich plötzlich, was wichtig im Leben ist. Ist weiß es dadurch, weil ich in diese strahlend blauen Augen blicken und dadurch ein wenig die wunderbare Person dahinter kennenlernen durfte. Nur ganz wenig durfte ich erahnen von ihrer positiven Lebenseinstellung, ihrer kindlichen Neugierde und ihrer tiefen Dankbarkeit, von ihrem starken Glauben, ihrer inneren Kraft und Ruhe, ihrer gelassenen Zuversicht und von ihrer stillen Weisheit. Der Weisheit, die Klarheit schafft und Antwort gibt, worum es im Leben geht.

„Das Auge ist der Punkt, in welchem Seele und Körper sich vermischen.“ (Christian Friedrich Hebbel)

Coaching mit dem grünen Dings

Perspektivenwechsel I

Erich Kastner geht gerne zur Arbeit. Er erledigt seine Aufgaben immer pünktlich und ist ein sehr organisierter Mensch. Doch eine Sache ist ein echtes Problem für ihn. Eine Sache macht ihn immer rasend. Meetings, die seine kostbare Zeit auffressen. Wo nichts weiter geht und sein Chef wieder einmal zeigt, wie wenig er seine Leute wertschätzt. Wie sonst ist es zu erklären, dass bei den allwöchentlichen Sitzungen, sein Chef immer dazwischen mal ein privates Pläuschchen macht - mit seiner Frau, seinen Kindern, Handwerkern und mit „weiß zum Kuckuck wem". Erich Kastner und all die anderen sitzen dann einfach nur da und warten. Kostbare Zeit verstreicht. Zeit, in der Erich wichtige Aufgaben erledigen könnte. Wirklich ärgerlich!

Eines Morgens, Erich macht sich gerade für´s Büro fertig, klopft es an der Fensterscheibe. „Was ist das?!" Erich kann es nicht glauben, was er da sieht. Ein grünes, kleines Männchen mit großen, dunklen Augen sitzt am Fensterbrett. Sitzt, glotzt und klopft. Auf seine Fensterscheibe! Es hört nicht auf und Erich geht zum Fenster, öffnet es und schon hüpft das grüne Dings herein. „Ich komme von weit her. Ich bin auf Bildungsreise und möchte gerne etwas über die Arbeitsweise der Menschen lernen." „Potz-Teufel, das Dings kann sprechen!" Herr Kastner ist sprachlos. „Ich muss zur Arbeit", stottert er. „Trifft sich gut", meint das Dings. „Da möchte ich sowieso auch hin." Herr Erich Kastner und das grüne Männchen fahren also gemeinsam in die Firma. Herr Kastner geht in sein Büro, erledigt seine Aufgaben und das grüne Dings beobachtet ihn genau. Es sitzt auf seinem Büroschrank ganz oben, lässt die Beine runterbaumeln und glotzt. Es spricht kein Wort, aber alle seine Gedanken werden ganz automatisch - mit der rechten Hand am Ohr - zur Empfangsstation auf seinem Planeten geschickt. Und aus irgendeinem unerfindlichen Grund, kann Herr Kastner diese Gedanken auch hören. Langsam gehen ihm die ewigen Kommentare von seinem grünen Anhängsel auf die Nerven, aber in einer Viertelstunde ist eine Abteilungsleitersitzung mit dem Chef und damit ist der Vormittag sowieso schon wieder gelaufen. Er steht also auf und geht zum Besprechungszimmer. Das grüne Dings folgt ihm und komischerweise, egal wen Herr Kastner am Gang trifft, niemand kann das Männchen anscheinend wahrnehmen. Gott sei Dank!

Die Sitzung beginnt und wie erwartet läutet wieder einmal das Handy vom Chef. Die Frau ist dran und möchte mit ihrem Mann über die Geburtstagsgeschenke für die älteste Tochter reden. In Herrn Kastner zieht sich alles zusammen. Ärger kommt auf, Wut und Zorn. „Eine Unverschämtheit, diese Respektlosigkeit! Wir müssen unsere privaten Sachen auch zu Hause erledigen", denkt sich Herr Kastner. „Uns immer warten zu lassen, wegen diesem Privatkram, das ist echt eine Frechheit."

„Bekommst du dafür auch Geld?", fragt plötzlich sein grünes Anhängsel, das wieder gemütlich auf einem Schrank sitzt, die Beine hin und her baumeln lässt und glotzt. „Ja, natürlich. Die Zeit, die wir im Büro sind, wird bezahlt", murmelt Herr Kastner ganz leise. „Und jetzt stör mich nicht weiter." „Cool, auf der Erde bekommen die Leute auch bezahlt für Stunden, in denen sie gar nicht arbeiten. Die können sich entspannt zurücklehnen während der Chef mit seiner Frau plaudert und das zählt auch zur Arbeitszeit". Herr Kastner hält inne und muss schmunzeln. Witziger Gedanke!

„Um klar zu sehen, genügt oft der Wechsel der Blickrichtung." (Antoine de Saint-Exupéry)

„Der Mensch ist gerade so glücklich, wie er es beschließt zu sein." (Abraham Lincoln)

P.S. Wollen Sie wissen, wie die Geschichte weitergeht? Nun ja. Herr Kastner hat noch einiges mit dem grünen Dings erlebt. Und die Abteilungsleitersitzungen? Die sind seit diesem Tag für Herrn Kastner aber so was von entspannend.

Perspektivenwechsel II

Herr Erich Kastner hat noch ein anderes Problem. Er hat recht wenig Zeit für sich. Er arbeitet viel, und wenn er nach Hause kommt, steht Spielen mit den Kindern und vieles mehr am Programm. Aus diesem Grund hasst er es, im Stau zu stehen. Als er an diesem Abend - der Abend des Tages, an dem das grüne Dings die Bildungsreise begonnen hat - nach Hause fährt, passiert etwas, das fast jeden Freitag passiert. Ein Unfall auf der Autobahn legt den Verkehr lahm und es gibt kein Entrinnen.

„Nicht schon wieder. Kann ich nicht einmal normal ins Wochenende starten? Diese Idioten, die ihr Auto nicht unter Kontrolle haben, sollte man wirklich einsperren. Elende Zeitdiebe, Stressmacher, Vollkoffer!" Das sind so die Worte, die Herrn Kastner oft begleiten, auf seiner Fahrt nach Hause. Das grüne Dings beobachtet die Situation sehr interessiert. Es sitzt am Beifahrersitz. Es sitzt und glotzt. Seine großen, dunklen Augen werden immer größer. Je mehr sich Herr Kastner aufregt und schimpft, desto größer werden seine Augen. Und an diesem Tag ärgert er sich besonders lange. Langsam anfahren, abbremsen, Stillstand. Anfahren, abbremsen, Stillstand. Vollkommener Stillstand. Kein Entkommen. Keine Alternative?!

In diesem Augenblick dreht das grüne Dings - Herr Kastner hat schon ganz vergessen, dass er heute einen Begleiter hat - seinen Kopf nach vorne, greift an sein rechtes Ohr und übermittelt folgende Botschaft an seine Kollegen im All. Und damit auch an Herrn Kastner. „Ein herzliches Hallo von der Erde. Jungs, ihr glaubt nicht, wie gut es den Menschen hier auf Erden geht. Die beamen sich nach der Arbeit nicht gleich nach Hause, die müssen nicht gleich zu Hause weitermachen, mit den Kindern spielen, im Haushalt helfen, Glühbirnen wechseln, Rasenmähen und all das Zeug! Nein, die fahren einfach mit so einem Blech-Rolldings nach Hause. Und wisst ihr, was das Tollste daran ist? Die fahren dann in eine lange Kolonne von lauter Blech-Rolldings und bleiben dort einfach stehen. Die stehen dort und haben eine ganze Ewigkeit nichts zu tun. Die haben Zeit für sich, für sich ganz allein. Keiner quasselt auf sie ein, keiner will was von ihnen. Die können tun und lassen, was sie wollen. Eine ganze Ewigkeit lang! Unglaublich, oder?!" Das grüne Dings dreht sich um, glotzt Herrn Kastner wieder an und fragt: „Was machst du mit all der gewonnenen Zeit - nur für dich? Wie wär´s mit ein wenig Musik? Welchen Song soll ich dir einlegen?"

An diesem Abend kommt Herr Erich Kastner beschwingt und mit einem Lächeln auf den Lippen nach Hause.

„Zum Höchsten ist gelangt, wer da weiß, worüber er sich freue, wer seine Glückseligkeit nicht fremder Macht unterstellte." (Lucius Annaeus Seneca)

Die Endlosschleife

Herr Kastner und das grüne Dings haben schon einige Tage miteinander verbracht und Herr Kastner ist zwischenzeitlich richtig froh, dass das grüne Dings ausgerechnet zu ihm gekommen ist.

Heute verbringen die beiden wieder einen gemeinsamen Tag im Büro. Herr Kastner hat extrem viel zu tun und kommt gar nicht dazu, eine Pause zu machen. Das grüne Dings hat es sich wieder gemütlich auf seinem Büroschrank eingerichtet. Es sitzt ganz oben und beobachtet genau, was den ganzen Tag passiert. Es sitzt, glotzt und macht sich so Gedanken über seine Beobachtungen.

Gegen 13.30 Uhr betritt ein Kollege das Büro. Er macht einen ähnlichen Job wie Herr Kastner und die beiden verstehen sich recht gut. Und genau das ist das Problem. Herr Meister, der Kollege, ist nämlich ein Meister der Delegation und Herr Kastner ein Meister des Ja-Sagens. Herr Meister ist meistens entspannt und gut drauf, Herr Kastner ist meistens unter Strom und manchmal genervt. Viel Arbeit türmt sich auf seinem Schreibtisch und er verzichtet sogar auf Mittagspausen, damit er ja alles ordentlich bearbeiten kann. Herr Meister ist heute schon etwas müde und möchte endlich auf Mittagspause gehen. Aber die Arbeit für den Chef sollte noch erledigt werden. Aus diesem Grund ist er jetzt hier und probiert sein Glück. Herr Kastner spürt sofort, dass heute wieder so ein Tag ist, an dem Herr Meister etwas von ihm haben möchte. „Nicht schon wieder“, denkt er sich. „Heute habe ich wirklich absolut keine Zeit mehr für Zusatzaufgaben. Ich war ja noch nicht einmal auf Mittagspause.“ Da schaltet sich das grüne Dings ein - unsichtbar für Herrn Meister. Unhörbar für den Meister der Delegation sendet es eine Botschaft an seinen Menschenfreund – Herrn Kastner. „Wenn du willst, helfe ich dir, diesmal hart zu bleiben und freundlich und bestimmt Nein zu sagen.“ „OK, wenn du das schaffst, hast du etwas gut bei mir.“ Und so kommt es zu folgendem, ungewöhnlichen Gesprächsverlauf. Das grüne Dings genießt seine Rolle als Souffleur von Herrn Kastner.

Herr Meister: „Erich, kannst du bitte ausnahmsweise die Kennzahlen-Analyse für mich übernehmen? Ich schaffe das nie bis heute Nachmittag. Du kennst dich da doch viel besser aus.“

Herr Kastner: „Oh, ansonsten mache ich das gerne. Aber gerade heute geht es bei mir wirklich gar nicht. Ich selbst muss dem Chef etwas bis zum Nachmittag fertigmachen und weiß jetzt schon nicht mehr, was ich zuerst tun soll.“

Herr Meister: „Ach, du kannst es sicherlich bis 17 Uhr abgeben. Meine Analyse muss aber schon um 15.30 Uhr beim Chef am Tisch liegen.“

Herr Kastner: „Ich verstehe schon, dass dein Timing wirklich knapp ist, aber ich muss meine

Arbeiten auch dringend abgeben und kann heute wirklich nichts mehr einschieben."

Herr Meister: „Aber Erich, ich habe so fest mit deiner Hilfe gerechnet. Das kannst du jetzt echt nicht bringen. Du bist doch der Experte dafür. Ich bräuchte dazu eine Ewigkeit. Bitte, ich brauche deine Hilfe!"

Herr Kastner: „Das ist lieb von dir, dass du mich als Experte bezeichnest. Aber heute geht es beim besten Willen nicht."

Herr Meister: „Aber ich brauche deine Hilfe, ganz dringend."

Herr Kastner: „Vielleicht kann ja auch mal Herr Huber dir bei den Analysen helfen. Der kennt sich doch auch gut aus und hat vielleicht freie Ressourcen."

Herr Meister: „Bis ich dem das erklärt habe. Nein, das geht echt nicht."

Herr Kastner: „Es bleibt dabei. Ich habe heute wirklich keine Zeit für deine Analysen."

Herr Meister: „Das ist jetzt echt nicht fair. Aber, wenn du meinst. Mit meiner Hilfe kannst du jedenfalls in Zukunft nicht mehr rechnen."

Herr Kastner: „Ich merke schon deinen Plan, du willst mir jetzt ein schlechtes Gewissen einreden, aber das wird dir nicht gelingen."

Herr Meister: „Dass du so herzlos und stur sein kannst. Du bist total unfair. Mich kannst du in Zukunft echt vergessen."

Herr Kastner: „Ich möchte wissen, wer da jetzt nicht fair ist. Ich habe dir bisher immer geholfen, das weißt du ganz genau." ...

Nach 20 Minuten ist das Gespräch endlich beendet und Herr Meister zieht frustriert davon.

„Das war jetzt wirklich unglaublich. Diese endlose Diskussion mit Herrn Kastner, das hätte ich ihm echt nicht zugetraut. Wie ausgewechselt war der. Wahrscheinlich hat er irgend so ein komisches Seminar besucht. Na ja, die Diskussion hätte ich mir jedenfalls sparen können. In der Zeit hätte ich die Analyse ja selbst fertig gehabt. Dann wäre ich jetzt schon entspannt bei der wohlverdienten Mittagspause." Wie Recht er doch hat!

Und Herr Kastner? Der geht stolz und zufrieden mit seinem Begleiter - dem grünen Dings - mittagessen.

„Die Fähigkeit, das Wort Nein auszusprechen, ist der erste Schritt zur Freiheit." (Nicolas Chamfort)

Super-Stress im Super-Markt

Herr Kastner und das grüne Dings haben schon viel zusammen erlebt und Herr Kastner hat sich schon total an seinen neuen Begleiter gewöhnt.

An einem Freitagnachmittag fahren er und das grüne Dings mit dem Auto gemeinsam vom Büro nach Hause. Das grüne Dings sitzt wie gewohnt am Beifahrersitz. Es sitzt, glotzt und ruft plötzlich: „Ich hab´ noch was gut bei dir! Ich weiß jetzt, was ich will. Ich will mein Lieblingsessen und zwar ganz schnell. Buttersemmerl mit Essiggurkerl!" Herr Kastner kann nicht glauben, was er da hört. Aber Versprechen müssen gehalten werden und so biegt Herr Kastner bei der nächsten Kreuzung links ab und sagt: „Ok, wenn du unbedingt willst, dann fahren wir noch schnell in den Supermarkt." „Supermarkt? Noch nie gehört. Was ist das?", fragt das grüne Dings. „Das wirst du gleich sehen", sagt Herr Kastner. Einparken, aussteigen und los geht es. Hinein in den Supermarkt.

Das grüne Dings staunt. „Super, so groß ist also ein Supermarkt." Doch umso länger sie drinnen sind, umso nervöser wird das grüne Dings. Viele Menschen strömen dort durch die Gänge. Alle haben es eilig und diese Produktvielfalt wird dem grünen Dings langsam zu viel. „Da finden wir doch nie unser Buttersemmerl mit Essiggurkerl." Herr Kastner und das grüne Dings suchen die Gänge ab. Sie brauchen ewig bis sie alles finden.

Semmel - gefunden. Butter - gefunden. Jetzt fehlt nur noch das Wichtigste. Die Essiggurken. Das grüne Dings wird immer nervöser. „Dort vorne sind sie!“, ruft plötzlich Herr Kastner. Sie drängen sich durch den Gang und stehen gemeinsam vor dem riesigen, nicht enden wollenden Regal.

„Und welche Gurken sollen wir jetzt nehmen?“, fragt das grüne Dings schon fix und fertig. „Sollen wir die Essiggurken süß-sauer, die Essiggurken klein, die Essiggurken pikant oder die Essiggurken groß nehmen? Was sind Gewürzgurken? Was sind Delikatess-Gurken? Was unterscheidet die Essiggurke süß-sauer von der Marke Echtwo von jenen der Marke Haut der Markov? Was heißt ohne Zusatz von Süßstoffen? Was heißt ohne Zucker mit Süßstoff? Was sollen wir nehmen? Wie soll ich mich entscheiden? Nach welchen Kriterien soll ich entscheiden? Ich kenne mich nicht mehr aus.“ „Ja, was weiß denn ich. Sind wahrscheinlich eh alle gleich. Nimm einfach das Glas, das dir am besten gefällt“, schlägt Herr Kastner vor.

Krawumms. Das war zu viel. Das grüne Dings liegt flach am Boden - vor dem riesigen Regal mit Essiggurken. Herr Kastner erschrickt, nimmt schnell noch ein Glas Essiggurken und eilt mit den Einkäufen und dem grünen Dings unterm Arm zur Kasse. Im Auto kümmert er sich zuerst um seinen Begleiter. Er hält seine kleine Hand und streichelt über sein Gesicht. Nichts. Er bereitet das Lieblingsessen vom grünen Dings - Buttersemmerl mit Essiggurkerl - vor und hält es ihm unter die Nase. Es wirkt. Das grüne Dings öffnet die Augen, beißt sofort mit Genuss in das Semmerl und murmelt mit vollem Mund: „Du, Herr Kastner, jetzt weiß ich, warum der Supermarkt Supermarkt heißt. Supermarkt, weil Superstress. Und - Schluck. Mmm…Noch was habe ich heute gelernt: Ihr Menschen macht euch das Leben oft unnötig kompliziert, oder? Und - Schluck. Mmm... Das Buttersemmerl mit Essiggurkerl schmeckt übrigens echt superlecker."

„Alles, was zu viel ist, wird der Natur zuwider."
(Hippokrates)

Immer schön cool bleiben

Herr Kastner hat durch seinen grünen Begleiter schon viel gelernt. Mittlerweilen ist er richtig froh darüber, wenn das grüne Dings mit ihm unterwegs ist. Insbesondere wenn anstrengende Situationen anstehen - wie ein Gespräch mit schwierigen Kollegen oder eine mühsame Sitzung - oder, wenn Herrn Kastner wieder mal die Zeit davonläuft.

Heute ist wieder einmal ein Tag mit einer schwierigen Situation. Herr Kastner hat ein Gespräch mit dem Abteilungsleiter. Ein wirklich schwieriger Fall. Der weiß immer alles besser, er behandelt seine Mitarbeiter gerne von oben herab und jeder seiner Sätze hat einen kritischen Beigeschmack. Herr Kastner fühlt sich dann jedes Mal in seine Kindheit zurückversetzt. Er fühlt sich nicht umsorgt und behütet - nein! Er fühlt sich dann wie das kleine Kind, das von seinen Eltern immer nur kritisiert wird und genauso reagiert er dann auch - leider. Er antwortet schnippisch - wie ein trotziges Kind, er zieht sich voller Wut zurück in sein Schneckenhaus - wie ein hilfloses Kind, oder - wenn er sehr gut drauf ist - gibt er so richtig kontra. Dann glaubt er, er könne sich über seinen Chef erheben und fühlt sich selbst überlegen und groß. Nun ja, und dann benimmt er sich wie ein oberschlauer Vater und gibt eine entsprechende Antwort - leider. Ja, so läuft es oft bei Herrn Kastner und seinem Chef und das Ergebnis ist meistens das gleiche. Die Unterhaltung ist dann mehr oder weniger gelaufen. Ein Satz ergibt den anderen und schon sind die beiden mittendrin in einem wunderbaren Streit, oder Herr Kastner steht einfach wutentbrannt auf und verlässt den Raum.

Heute ist es also wieder so weit. Ein heikles Gespräch mit seinem Vorgesetzten steht an, weil der Monatsbericht noch nicht fertig ist. In der Früh ist Herr Kastner schon ziemlich nervös und während er beim Rasieren vor dem Spiegel steht, murmelt er vor sich hin: „Bin ich froh, wenn der heutige Tag wieder vorbei ist." Das grüne Dings, das bei der Morgentoilette von Herrn Kastner gerne dabei ist, sitzt gemütlich auf dem weichen Plüsch-Klodeckel, lässt die Füße runterbaumeln – hin und her und her und hin – und schaut ihn mit großen, dunklen Augen an. Es sitzt auf dem Klodeckel, es glotzt und sagt: „Soll ich zur Besprechung mitkommen? Ich wäre so gerne wieder mal dein Souffleur." „OK, von mir aus", antwortet Herr Kastner. „Aber nicht gleich von Anfang an. Vielleicht verläuft das Gespräch diesmal ganz normal und ruhig. Wenn du dauernd dazwischen quatscht, kann ich mich echt nicht konzentrieren." Das grüne Dings ist zufrieden, hüpft fröhlich vom Klodeckel und macht sich fertig - für den Ausflug ins Büro.

Um 16 Uhr ist es soweit und Herr Kastner marschiert mit festem Schritt über den Gang und betritt pünktlich das Büro seines Chefs. Der sitzt schon hinter seinem Schreibtisch, auf seinem

Lederdrehsessel. Mächtig und selbstbewusst sitzt er dort - wie auf einem Thron - und sagt laut: „Setzen Sie sich doch bitte Herr Kastner." Herr Kastner nimmt auf dem kleinen Besucherstuhl vor dem großen Schreibtisch Platz und das grüne Dings richtet es sich gemütlich auf dem Schrank daneben ein. Es glotzt zu Herrn Kastner herüber, lächelt ihm zu und hält sein kleines, grünes Händchen mit gestrecktem Daumen nach oben.

Das Gespräch beginnt. „Herr Kastner, wann ist denn nun endlich der Monatsbericht für den Vorstand fertig? Wie lange brauchen Sie denn noch?"

Herr Kastner erbost: „Was heißt - wie lange ich noch brauche? Ich rackere mich ab wie ein..." „Halt!", schreit das grüne Dings dazwischen. „Ganz schlechter Start. Du bist doch kein kleines, bockiges Kind. Versuche es doch einfach mal so." Herr Kastner hüstelt verlegen und beginnt von vorne.

„Ja, also Chef. Der Monatsbericht ist schon in der finalen Phase. Ich habe die letzten Tage fast rund um die Uhr daran gearbeitet und spätestens morgen nachmittags wird er fertig sein."

„Das hoffe ich schwer für Sie. Eine Verspätung wäre vollkommen inakzeptabel. Das wissen Sie, oder?"

„Jetzt reicht es...", zischt Herr Kastner wütend. „Halt!", hört er wieder von seinem Begleiter auf dem Schrank.

„Natürlich weiß ich das, Chef. Der Bericht wird morgen nachmittags fertig auf ihrem Schreibtisch liegen.“

„Wenn Sie das sagen. Ihr Wort in Gottes Ohr. Ich erwarte also Ihren Bericht morgen pünktlich um 15 Uhr auf meinem Tisch. Keine Minute später, haben Sie das verstanden, Herr Kastner?“

„Aber ja. Natürlich habe ich das verstanden. 15 Uhr wird sich nicht ganz ausgehen. Um 16 Uhr haben Sie aber einen tollen Monatsbericht auf dem Tisch, versprochen. Falls es dann noch Änderungswünsche von Ihnen gibt, kann ich die gerne übermorgen einbauen. Bis zur Vorstandssitzung geht sich also alles aus“, antwortet Herr Kastner unter Anleitung des grünen Dings. „Nur keine Panik, lieber Chef“. Herr Kastner kann es sich nicht verkneifen, noch einen kleinen Stachel hinterherzuschießen.

„Jetzt werden Sie aber nicht frech, Herr Kastner. Was heißt hier - nur keine Panik?!“

„Entschuldigung. War nicht so gemeint, Chef. Gibt es sonst noch etwas zu besprechen? Wenn nicht, dann würde ich jetzt gerne wieder an meinem Bericht weiterarbeiten, damit er morgen pünktlich um 16 Uhr auf Ihrem Tisch liegen kann“, sagt Herr Kastner schnell. Als sein Chef ihn nur groß anschaut und nichts sagt, steht Herr Kastner auf, stellt sich mit ganz geradem Rücken vor dem Schreibtisch auf, schaut auf seinen Chef herunter und sagt freundlich: „Dann ist ja alles gesagt. Noch einen wunderschönen Tag und bis morgen."

Sein Chef sitzt ganz klein in seinem Stuhl und denkt: „Mit so erwachsenen Mitarbeitern macht das „Chef sein" echt keinen Spaß mehr.

„Wir können den Wind nicht ändern, aber die Segel anders setzen." (Aristoteles)

„Nichts verleiht mehr Überlegenheit, als ruhig und unbekümmert zu bleiben." (unbekannter Autor)

Abschied vom grünen Dings

Herr Erich Kastner und das grüne Dings sind schon richtig gute Freunde geworden. Das grüne Dings - von irgendwo aus dem All - mit den großen, dunklen Augen. Das Dings, das alles über die Erde ganz genau studiert und alles erfahren möchte über uns Menschen und unsere Geschichte. Ja, sie haben eine schöne Zeit miteinander verbracht und das grüne Dings hat viel über uns Menschen in Erfahrung gebracht. Vieles war ganz anders als zu Hause. Vieles fand es toll, aber viel hat es auch nicht verstanden.

Nun heißt es Abschied nehmen. Gerne hätte Herr Kastner noch etwas mehr über den Planeten des grünen Männchens erfahren. Wo ist dieser Planet, wie viele Dings leben dort, sind sie alle grün? Wie verständigen sie sich untereinander? Wieso kann das Dings die Menschen verstehen, warum Herr Kastner das Dings? Wie genau leben sie, wie arbeiten sie, können sie lachen und weinen, können sie lieben und hassen? All das wird Herr Kastner nicht mehr erfahren, denn es heißt Abschied nehmen vom grünen Dings. Es muss zurück ins All. Zu viele Fragen muss es mit seinen Freunden dort klären, bevor es vielleicht irgendwann wieder zurückkommt auf die Erde - zu einer weiteren Bildungsreise.

Das grüne Dings sitzt am Schlafzimmerfenster, genau dort, wo Herr Kastner es das erste Mal entdeckt hat. Es sitzt und glotzt. Glotzt ihn an und winkt. Herr Kastner winkt auch – mit einem verhaltenen Lächeln auf den Lippen. Da greift sich das grüne Männchen wieder mal an sein rechtes Ohr und übermittelt einige Botschaften an seine Kollegen im All. Herr Kastner kann sie hören - noch. Wie lange noch? Werden diese Gedanken in seinem Kopf aufhören mit der Rückreise des grünen Dings? Er würde sie vermissen.

„Hallo Kumpels, ich bin startklar. Bevor es losgeht noch die offenen Fragen, die wir gemeinsam bearbeiten müssen, sobald ich zurück bin. Die Menschen haben eine gemeinsame Sprache, aber oft verstehen sie sich nicht. Warum? Die Menschen kommunizieren ununterbrochen miteinander. Dauernd haben sie einen Sender, ach nein - ein Handy am Ohr und quatschen, sind dauernd erreichbar, dauernd beschäftigt und beschweren sich dann, dass sie keine Zeit mehr für sich haben. Schon die Kinder! Rund um die Uhr beschäftigt, keine Zeit für Ruhe und Wachstum. Warum? Es gibt Eltern, die stecken ihre Kinder den ganzen Tag zu anderen Leuten und wenn sie sie dann mal haben, schimpfen sie mit ihnen, streiten und kümmern sich nicht wirklich um sie. Sie nehmen sie gar nicht richtig wahr. Geben ihnen nicht die Wärme, Sicherheit und Geborgenheit, die doch so wichtig sind zum Wachsen. Wozu haben diese Menschen dann überhaupt Kinder? Wozu? Viele alte Menschen, mit all ihrem Wissen, Können und ihren Erfahrungen werden einfach abgeschoben. Entfernt aus dem Alltag. Warum?

Viele Menschen haben wirklich alles, was man sich erträumen kann. Alles im Überfluss. Die stehen vor vollen Regalen und wissen gar nicht mehr, was sie nehmen sollen. Die Qual der Wahl. Sie kaufen sich Gewand und zu Hause kommen sie drauf, dass es ihnen doch nicht gefällt. Alles da, im Überfluss – nicht für alle, aber alles da. Zu viel, viel zu viel. Viel zum Essen, wenig Bewegung - die Energie kann nicht raus. Alles viel zu viel und trotzdem streiten sie, bekämpfen sich, stehlen und morden - Tiere und Menschen, zerstören ihren Planeten. Warum?

Es gibt Menschen, die trotz all dem Überfluss nur noch traurig sind. Sie wissen nicht mehr, wozu sie auf der Welt sind, sie wissen nicht was Leben ausmacht. Sie weinen viel, sind unglücklich und oft allein. Sie fühlen sich erschlagen von all den vielen Dingen und Menschen. Warum? Wie kann das sein? Es gibt Menschen, die sind sehr reich und trotzdem unglücklich. Es gibt Menschen, die haben wenig und sind lebensfroh und zufrieden. Es gibt Leute, die sind reich und werfen Lebensmittel weg und es gibt Menschen, die verhungern. Warum? Sie haben Maschinen, die ihnen ganz viel Arbeit abnehmen. Immer neue Maschinen, tolle Technik. Und dann gibt es Menschen, junge und alte, die keine Arbeit mehr finden. Keine Aufgabe haben, keinen Alltag, keine Herausforderungen, keine Pläne und auch kein Geld für sich und ihre

Lieben. Die Technik wird immer mächtiger. Wer gibt den Takt an, wer bestimmt den Rhythmus?

Die Menschen wissen unglaublich viel. Über ihren Körper, die Erde und das Weltall, wahnsinnig viel. Aber sie wissen so wenig über ihre Seele. Über gesundes Wachstum und die Kunst, glücklich und zufrieden zu sein. Warum ist das so? Ich verstehe das alles noch nicht! Ich muss nachdenken."

Und dann passiert es. Das grüne Dings löst sich langsam in Luft auf. Es ist verschwunden und damit auch seine Gedanken. Herr Erich Kastner wird sie vermissen.

Wettstreit

Wettbewerb. Konkurrenzkampf - wohin das Auge reicht. Auch im Tierreich. Wer soll für das nächste Jahr der König, oder die Königin der Tiere werden? Jedes Jahr wird dazu ein Wettbewerb veranstaltet auf der Lichtung am Waldesrand. Jedes Jahr ein Wettstreit, jedes Jahr andere Regeln. Jedes Jahr andere 100 Teilnehmer. Jeder soll einmal die Chance bekommen, ganz vorne zu sein.

In diesem Jahr beschließen die Tiere, dass das schnellste Tier im nächsten Jahr das Reich regieren soll. Neue Hoffnung, Vorfreude, Spannung und Aufregung unter den Tieren. „Werde ich es diesmal schaffen?", denken sich so einige flinke Wesen unter den Tieren. Der Wettbewerb beginnt. Hansi der Hase gegen Karin die Katze. Erich der Elefant gegen Peter den Pinguin. Ruth das Reh gegen Walter das Wildschwein. Fridolin der Fuchs gegen Anton den Affen. Sandra die Schildkröte gegen Rudi die Ratte...... Alle laufen, was das Zeug hält. Am Schluss stehen nur noch 3 Teilnehmer im Finale: Gerda die Giraffe, Werner der Windhund und Martha die Maus. Die Wetteinsätze stehen fest. Gerda wird gewinnen, sie ist größer und hat die längsten Beine: 69 Stimmen. Werner wird gewinnen, er ist fast so schnell wie ein Gepard, wissen einige: 30 Stimmen. Martha die Maus wird gewinnen. „Ich weiß, was ich kann“, denkt sich Martha: 1 Stimme. Es geht los. Gerda gegen Werner. Es wird ein „Kopf an Kopf Rennen“. Zunächst liegt Werner vorne. Er ist extrem schnell gestartet und sprintet sofort los. Nach einiger Zeit kann Gerda aufholen. Ihre langen Beine jagen über den leicht holprigen und grasigen Untergrund. Kurz vor dem Ziel rutscht Gerda auf einem Ast aus, den sie übersehen hat. Sie schafft es gerade noch, nicht über ihre eigenen langen Beine zu stolpern und jagt kurz nach Werner ins Ziel. 30% der Tiere jubeln. Gerda und 68% der Tiere sind enttäuscht. Und Martha, die steht schon auf der Startlinie und wartet.

Das nächste und damit finale Rennen steht am Programm. Werner gegen Martha. 99 zu 1. Es geht los. Werner legt wieder einen Traum-Start hin. Er sprintet los und läuft was das Zeug hält. Nach einigen Minuten dreht er sich um. Von Martha keine Spur. Kurz vor dem Ziel noch ein letzter Blick zurück. Keine Martha weit und breit. Er bremst kurz ab, dreht sich um, lacht dabei und ruft: „Hoch lebe der neue König der Tiere!“

In dem Augenblick - als Werner sich mit Schwung umdreht - lässt Martha los und fliegt in hohem Bogen über die Ziellinie. Fast hätte sie ein paar Schwanzhaare von Werner mitgenommen. Und als sich Werner wieder umdreht und beginnt, Richtung Ziel weiterzulaufen, sieht er plötzlich Martha - die kleine, freche und schlaue Maus. Sie sitzt hinter der Ziellinie und winkt ihm mit ihrem kleinen Pfötchen zu.

Das war die Geschichte von Martha, der kleinen Maus. Bis heute weiß niemand, wie es Martha damals schaffen konnte, den Wettstreit zu gewinnen. Es hat auch keine Bedeutung mehr. Martha wurde eine gute Herrscherin. Klug, umsichtig und stets fröhlich. Vieles hat sie bewegt, viele Verbesserungen wurden umgesetzt im Jahr ihrer Regentschaft und niemand wird sie je vergessen. Martha, die schlaue Maus, die Werner den Windhund besiegen konnte.

„Wenn du wirklich etwas willst, werden alle Märchen wahr." (Theodor Herzl)

„Nicht hoher Wuchs und breite Schultern sind des Sieges sicher, sondern Klugheit siegt."(Sophokles)

Kündigung ins Leben

Donnerstag, 19. Mai 2005. Der Morgenhimmel ist wolkenlos und ein sonniger Tag beginnt. Viola steht um 6.30 Uhr auf. Pünktlich - wie immer. Sie hat Karriere gemacht in einem internationalen Unternehmen und hat noch nie verschlafen. Duschen, Espresso trinken, Zähneputzen, Anziehen, Schminken und dann ab durch die Mitte.

Der übliche Ablauf wird durchbrochen. Ihr Handy läutet. „Wer um Gottes Willen ruft mich jetzt an, wo ich doch schon längst ins Büro fahren sollte?“ Es ist ihre Mutter, die in den letzten Tagen schon mehrmals erfolglos versucht hat, Viola zu erreichen. Viola hat keinen Kopf für private Belange. „Bitte nicht jetzt, Mutter. Ich muss dringend ins Büro und habe wirklich keine Zeit, mit Dir zu plaudern. Ich melde mich, wenn mal Zeit ist. Mach´s gut, tschüss.“ Am anderen Ende der Leitung bleibt eine traurige alte Frau zurück. Sie hat heute einen Arzttermin. Befundbesprechung. Ja, und davor hat sie ein wenig Angst.

Viola läuft schnellen Schrittes zu ihrem Wagen und rast ins Büro. Ein Meeting wartet. Dass heute ein wunderschöner Tag ist und die Sonne goldig durch die Baumwipfel blitzt, hat sie nicht bemerkt. Punkt 8 Uhr stürmt sie in ihr Büro. Das für 8.15 Uhr geplante Meeting findet nun doch nicht statt.

Viola ist verärgert, aber sie kann die gewonnene Zeit gut gebrauchen.

Um 16 Uhr hat sie einen Termin mit ihrem Chef. Pünktlich betritt sie sein Büro. „Nehmen Sie doch bitte Platz", sagt er mit leiser, aber sehr bestimmter Stimme. Sie setzt sich und schaut ihn fragend an.

„Also Frau Markovitch, es tut mir leid, Ihnen das mitteilen zu müssen, aber von der Konzernzentrale wurde beschlossen, dass wir den Bereich, für den Sie zuständig sind, auflösen. Ich weiß, das kommt für Sie etwas plötzlich, aber ich wollte Sie vorher nicht verunsichern und habe immer gehofft, dass sich die ganze Sache anders entwickeln würde. Sie waren immer eine sehr fleißige und gewissenhafte Mitarbeiterin, da Sie aber doch auch eine Spezialistin in ihrem Bereich sind, sehen wir derzeit leider keine Möglichkeit, Sie anderwärtig einzusetzen. Sie sind ja sehr qualifiziert und werden sicherlich bald woanders eine tolle Stelle bekommen. Sie bekommen natürlich eine angemessene Abfindung und falls Sie sich vor Ende der Kündigungsfrist freistellen lassen wollen, dann habe ich dafür vollstes Verständnis." Viola wird schwindlig, sie weiß nicht, was sie dazu sagen soll. Die letzten Jahre voller Einsatz, Engagement und Verzicht auf Privates laufen innerhalb weniger Sekunden in ihrem Kopf ab. Sie sagt nur: „Nun, wenn es keine andere Lösung gibt, dann muss ich das wohl zur Kenntnis nehmen."

Sie geht zu ihrem Arbeitsplatz zurück, packt einige private Sachen ein, verabschiedet sich von den Kolleginnen und geht. Sie will noch nicht nach Hause. Wozu auch?! Ist ja eh niemand dort, der auf sie wartet.

Sie geht also in den Park um die Ecke und setzt sich auf eine Parkbank. Die Sonnenstrahlen scheinen auf ihr Gesicht. Was habe ich bloß falsch gemacht? Hätte ich doch das Jobangebot der Konkurrenz vor einem Jahr angenommen! Was wird jetzt aus mir? Was soll ich bloß tun? Fragen über Fragen schießen ihr in den Kopf und alle bleiben unbeantwortet. Die Sonne blendet sie und sie wechselt verärgert die Bank. Sie setzt sich zu einem jungen Mädchen und grübelt weiter über ihr Leben nach.

„Ist der heutige Tag nicht wunderschön? Die Wärme der Sonnenstrahlen auf meiner Haut, der herrliche Frühlingsduft und das Vogelgezwitscher - toll, oder?", sagt das Mädchen. Viola fühlt sich aus ihren Gedanken gerissen und weiß nicht so recht, was sie darauf sagen soll. Sie empfindet nichts davon und wenn sie ehrlich ist, war das schon die längste Zeit so. Das Mädchen schaut gerade aus und würdigt sie keines Blickes. Ihre Stimme ist freundlich. „Sie wirken irgendwie unglücklich." Viola sagt darauf nichts. „Mein Name ist Anna-Marie", sagt das junge Mädchen. „Ich bin fast jeden Tag nachmittags hier im Park, wenn das Wetter passt. Riechen Sie die herrliche Frühlingsluft?", fragt sie. Viola atmet ganz tief durch.

Dieser Duft, diese Frische. Wie gut das tut! Erinnerungen werden wach. Schöne Erinnerungen an frühere Zeiten tauchen auf und sie fühlt sich plötzlich ein wenig besser. Das Mädchen lächelt und sagt: „Ich muss jetzt leider gehen. Kurz nach 18 Uhr holt mich meine Betreuerin immer vom Parkeingang ab." Viola versteht nicht ganz. In dem Augenblick nimmt Anna-Marie ihren Blindenstock, sagt: „Tschau - vielleicht treffen wir uns ja mal wieder", und geht. Viola kann gerade noch kurz „Lebewohl" nachrufen und weg ist sie. Sie ist blind und sieht wahrscheinlich mehr, als ich in den letzten Jahren gesehen habe. Welch´ Ironie des Schicksals, denkt sich Viola.

Sie bleibt noch bis zum Sonnenuntergang im Park sitzen und als sie aufsteht, ist sie voller Zuversicht auf das, was das Leben noch Neues bringen wird.

Gegen 20 Uhr läutet sie bei ihrer Mutter an der Haustür.

„Glück entsteht oft durch die Aufmerksamkeit in kleinen Dingen. Unglück oft durch Vernachlässigung kleiner Dinge." (Wilhelm Busch)

„Suche die kleinen Dinge, die dem Leben Freude geben."(Konfizius)

Langsam auf der Überholspur

Sebastian ist jung, dynamisch, ehrgeizig und zielstrebig. Letzte Woche wurde er zum Abteilungsleiter befördert. Toll! Eine neue Position mit mehr Gehalt und mehr Verantwortung. Erstmalig ist er Führungskraft und viele neue Projekte warten auf ihn. Eine Budget-Präsentation ist vorzubereiten. „Das Timing ist knapp", hat sein Chef erklärt. „Aber du schaffst das schon, Sebastian." Klaro.

Neue Herausforderungen. Gas geben. Abteilungssitzung einberufen, Aufgabe dem Team präsentieren, Aufgaben verteilen, Zeitplan vorgeben, Druck machen, Gas geben und los geht´s.

Doch irgendetwas läuft schief. 21 Tage bis zur Budget-Präsentation. Das Team funktioniert nicht. Reinknien, Überstunden ohne Ende, aber das Team zieht nicht mit.

Noch 14 Tage. 5.05 Uhr aufstehen. Ab ins Büro mit 120 Sachen. Emails checken, telefonieren, Status-Bericht für den Chef ausarbeiten. Was soll er schreiben? Zeitplan nicht zu halten. Wohl kaum. Flunkern erlaubt. 18 Uhr. Eine Teambesprechung wäre dringend notwendig. Keiner mehr da. Egal. Selber machen und weiter beschleunigen. 19 Uhr Pizza bestellen. 4 Stunden weiterarbeiten. Mit 130 Sachen ab nach Hause. Viele Gedanken, wenig Schlaf. Der Chef will Ergebnisse. Mit diesen Mitarbeitern – unmöglich.

Nächster Tag. Mit 140 Sachen ab ins Büro. Viel zu tun, Gas geben, Pizzaschnitte runterschlingen und Druck machen. 15 Uhr. Chef fragt: „Wie läuft es so?" Bestes Lächeln auflegen: „Alles bestens." Chef zufrieden und weg. Weiter geht´s. Termin mit Klaus. Ab zum Besprechungstisch, hinsetzen und loslegen. „Zuwenig Engagement. Fehlender Nachdruck. Im Team und auch bei dir, lieber Klaus. Deadlines nicht gehalten!" „Ja, aber...". Kein Aber. Vortrag zu Ende. Zurück an die Arbeit, Emails checken, zurückrufen, Charts ausarbeiten, Gas geben, Druck machen und weiter beschleunigen. 22 Uhr – ab nach Hause – wieder mal der Letzte. Die anderen sind langsamer und gehen früher, wie geht das? Keine Zeit zum Nachdenken. Ab nach Hause mit 145 Sachen. In Gedanken verloren. Plötzlich aus dem Radio: Stau ab der Auffahrt Königsberg aufgrund eines Verkehrsunfalls. „Verdammt noch mal. Muss das gerade heute passieren". Bremsen, ärgern. Genervt in den Stau rollen. Stau. Totaler Stillstand. Nichts geht mehr. Ärger zum Zerplatzen. Gehupe, Geschimpfe. Stress pur.

Plötzlich - eine Melodie. Eine Melodie, die ihm so bekannt und vertraut vorkommt. Sein Lieblingssong aus Studentenzeiten. Woher kommt diese Melodie? Sein Blick bleibt bei der Autofahrerin hängen, die genau neben ihm zum Stillstand gekommen ist. Blondes, langes Haar. Kopf entspannt an die Kopfstütze gelehnt. Sie lächelt und genießt sichtlich die Musik. Sie bemerkt, dass sie beobachtet wird, dreht ihren Kopf zu ihm und lächelt ihn an. Sebastian deutet ihr, dass sie die Musik etwas lauter drehen soll. Sie lacht zu ihm rüber und lässt das Fenster noch weiter runter. Er tut das Gleiche, der Song breitet sich in seinem Auto aus und er kann sich das erste Mal seit Wochen wieder so richtig entspannen. Sie plaudern, unterhalten sich über dies und das. Er erzählt ihr von seinem Job und dem Stress, den er mit seinen Leuten hat. Da schenkt sie ihm wieder ihr umwerfendes Lächeln und erzählt eine Geschichte aus ihrem Leben. Er genießt es, ihr dabei zuzuhören und alles rings herum ist vergessen. „Wenn du überholen willst, werde langsamer", sagt sie. Diese Erklärung hätte er aber gar nicht mehr gebraucht. Er versteht genau, was sie ihm mit der Geschichte sagen wollte und er ist ihr unendlich dankbar. Er war viel zu schnell und ganz allein auf der Überholspur. Sein Tempo war zu schnell, er sah nicht mehr, was rundherum geschah.

In diesem Augenblick beginnt sich die Kolonne vor ihnen in Bewegung zu setzen. Er ist traurig, dass es schon weitergeht und bevor beide losfahren, gibt er ihr noch seine Visitenkarte. „Ich würde mich sehr freuen, dich wiederzusehen", sagt er und sie lächelt zurück. „Alles Gute und vielleicht bis bald". Damit trennen sich ihre Wege, aber er weiß, dass er diesen Abend auf der Überholspur der Autobahn nie wieder vergessen wird. Wie oft ist er diese Strecke mit rasender Geschwindigkeit gefahren und hat absolut nichts von seiner Umwelt mitbekommen. Vielleicht hat er dabei Sabine - der Name seiner Staukollegin - schon oft überholt. Ist einfach an ihr vorbeigerast und hat ihren Lieblingssong, den sie immer abends beim Nachhause fahren abspielt, einfach überhört. Als er an diesem Abend ins Bett fällt, schläft er sofort ein und träumt von einem Tanz mit Sabine - zu ihrer Musik und er ist unheimlich glücklich.

Am nächsten Morgen steht er noch früher auf, weil er seine alte CD aus Studentenzeiten suchen will. Er braucht keine 10 Minuten und schon hält er sie stolz in seiner Hand. Seine Lieblings-CD mit dem Lieblingssong. Er geht zu seinem Sportwagen, legt die CD ein und fährt gemütlich ins Büro. Während der Fahrt genießt er die Musik und geht in Gedanken die Problematik mit seinen Mitarbeitern durch. Er weiß plötzlich genau, was er zu tun hat.

Die Budgetpräsentation, die einige Tage später stattfindet, wird ein voller Erfolg. Sebastian ist erleichtert und feiert ausgiebig mit seinem Team, aber nur bis 17 Uhr. „Wir haben in den letzten Wochen mehr als genug gearbeitet und ich schlage daher vor, die Zelte für heute abzubrechen. Ich wünsche euch allen noch einen wunderschönen Abend. Und Danke nochmals - ihr seid ein tolles Team."

So kommt es, dass Sebastian an diesem Tag sein Büro bereits um 17 Uhr verlässt. Eine wirklich sehr ungewöhnliche Zeit für ihn, aber er hat einen mehr als guten Grund dafür. Ein Wiedersehen mit Sabine steht am Programm.

„Wenn du schnell sein willst, gehe allein, wenn du weit gehen möchtest, gehe gemeinsam.“
(alte afrikanische Weisheit)

Der See der Worte

Es war einmal ein kleiner See. Er war tief und er war voll von reinem, klarem Wasser. Er war nicht irgendein See. Nein, er war der See der Worte. Ein See, der mit den Menschen sprechen konnte. Er konnte aus all den Wörtern, die in seinem Wasser schwammen, wundervolle Sätze bilden. Auf seiner einzigartig ruhigen Oberfläche standen sie – sichtbar und gut lesbar, all die Weisheiten, Sprüche, Witze, Ratschläge, Reime, Gedichte und Texte. Das alles konnte er formen und die Menschen liebten ihren See. Viele kannten ihn und viele kamen von weit her, um mit dem See zu sprechen. Sie setzten sich an sein Ufer, stellten ihre Fragen, redeten über dies und das und schenkten ihm ihre volle Aufmerksamkeit. Sie waren gespannt und neugierig, interessiert an dem, was sie auf der Oberfläche zu lesen bekamen. Er wusste immer, das Richtige zu sagen - zu den Menschen, die zu ihm kamen.

Doch eines Tages wurde ihm alles zu viel. Es kamen immer mehr Menschen. Alle redeten durcheinander. Stellten viele Fragen, wollten viele Ratschläge, wollten alles wissen und nahmen sich für seine Botschaften gar nicht richtig Zeit. Viele wollten einfach nur plaudern, weil ihnen langweilig war. Sie schenkten ihm immer weniger echte Aufmerksamkeit. Immer mehr Kinder kamen nicht mehr zum Reden, sondern sie sprangen ins Wasser und tobten herum. Er wurde immer unruhiger. Der See der Worte kannte sich nicht mehr aus. Er wusste nicht mehr, was er wollte, wozu er da war. Er konnte keinen klaren Gedanken mehr bilden. Keine Sätze formulieren. Die passenden Worte nicht mehr finden. Alles purzelte durcheinander. Seine Oberfläche brodelte, wilde Wellen peitschten all die Worte durcheinander, die in seinem Wasser schwammen. Die innere Unruhe machte ihm zu schaffen. Die Menschen kamen weiterhin und stellten ihre Fragen, wollten reden, plaudern und alles Mögliche wissen. Er hörte zu, suchte die Worte zusammen, versuchte klare Gedanken zu bilden, Sätze zusammenzubauen, wollte sich verständlich machen, aber ohne Erfolg. Und so kam es, dass immer weniger Menschen zu ihm kamen und der See langsam in Vergessenheit geriet.

So vergingen einige Jahre und langsam kehrte Ruhe ein - im See der Worte. Endlich! Die Wellen legten sich, die Worte schwammen wieder fröhlich und friedlich herum und die Oberfläche wurde immer ruhiger und glatter. Spiegelglatt war sie wieder. Der See der Worte fühlte sich wie früher, ganz klar und mit sich zufrieden.

Eines Tages – viele Jahre später - kam ein kleines Mädchen vorbei. Sie kannte die Geschichte vom See der Worte aus Erzählungen ihrer Großmutter. Sie setzte sich hin, blickte aufmerksam und konzentriert auf den See und die beiden kamen wie von selbst ins Gespräch. Sie redeten und redeten, ganz vertraut und voller gegenseitiger Anteilnahme. Er konnte wieder so gut zuhören wie früher, er konnte sich wieder klar ausdrücken, er wurde verstanden. Es war, als hätte es nie etwas anderes gegeben. Er wusste wieder was er wollte und wozu er da war. Er verstand die Menschen wieder. Er sammelte die richtigen Worte ein – ganz ohne Anstrengung. Sie schwammen förmlich auf ihn zu. Er bildete seine Sätze wie früher, einfache und gleichzeitig kunstvolle Sätze und das Mädchen verstand alles, was er sagte.

Seit diesem Tag kamen die Menschen wieder zu ihrem geliebten See der Worte. Aber nicht alle gleichzeitig und nicht nur zum Zeitvertreib. Sie kamen, wenn sie etwas Wichtiges besprechen wollten und sie nahmen sich dafür dann auch die notwendige Zeit. Sie liebten ihren See und das kleine Mädchen, das ihnen klar gemacht hatte, was für den kleinen See so wichtig war.

„Innere Klarheit und inneres Gleichgewicht sind die Voraussetzungen für klare Kommunikation nach außen." (Zitat der Autorin)

„Gespräch ist gegenseitige distanzierte Berührung." (Marie Freifrau von Ebner-Eschenbach)

Über das Zuhören – *Gedicht*

Ich rede und rede und keiner hört zu.
Ich rede und rede und keiner versteht.
Sie antworten und reden ohne Geist und Sinn.
Sie sind gar nicht da und hören nicht hin.

Alle reden und tratschen rund um die Uhr.
Teilen sich mit und tauschen sich aus.
Doch keiner hört zu und keiner versteht,
um was es dabei wirklich geht.

Du bist so anders. Es ist so schön.
Du sitzt einfach da und hörst mir zu.
Ich erzähle dir Dinge, die sonst niemand weiß,
ganz selbstverständlich gebe ich sie Preis.

Du bist ganz bei mir und gibst mir Kraft.
Ich rede und rede und alles wird klar.
Du verstehst jeden Satz und jedes Wort,
bitte bleib da! Geh nie wieder fort!

Einstellungen sind veränderbar

Karin ist stets hilfsbereit, immer für andere da und wer Hilfe braucht - in der Familie oder im Büro - geht zu Karin. Karin, die alle gerne haben, kann nicht Nein sagen. Die einzige Ausnahme: Wenn es ihre 7-jährige Tochter so richtig bunt treibt. Wenn sie im Geschäft diverse Süßigkeiten bei der Kasse entdeckt und unbedingt haben möchte, dann schafft es Karin - zumindest manchmal - Nein zu sagen, trotz Heulen der Tochter hart zu bleiben und das durchzusetzen, was sie für wichtig und richtig hält. Aber nun genug der Worte und zu Karins Geschichte.

Karin hat immer viel zu tun. 5.50 Uhr Tagwache. Frühstück vorbereiten, Jausen-Brote schmieren und einpacken, Tochter in die Schule bringen und danach ab ins Büro. Dort hat sie viele Aufgaben und Projekte auf dem Tisch. Sie zieht die Arbeit magnetisch an. Egal welche Sonderaufgabe ihr Chef hat, er kommt immer zuerst zu ihr und fragt, ob sie das für ihn erledigen könne. Irgendwie ist es auch schön, gebraucht zu werden. *Ich kenne mich ja auch am besten aus. Habe jahrelange Erfahrung. Was wäre die Alternative? Die neue - wirklich sehr nette - Kollegin wäre damit sicherlich restlos überfordert,* denkt Karin. *Wahrscheinlich wäre sie sauer auf mich, wenn die Aufgabe dann bei ihr hängenbleibt,* denkt Karin. U*nd wird die Aufgabe nicht gut erledigt, wäre der Chef letztendlich sauer auf mich,* denkt Karin.

Karin hat immer viel zu tun, immer mehr zu tun und oft ist sie nach der Arbeit schon so ausgepowert, dass sie mit Grauen an das Programm am Nachmittag und Abend denkt. Kind vom Hort abholen, Einkaufen, Kochen, Blumen gießen bei der Nachbarin, ihre Mutter anrufen, mit der Tochter spielen, Wäsche waschen, Freundin anrufen und trösten – weil sie wieder mal Liebeskummer hat und so weiter und so weiter.

Karin hat immer mehr zu tun und als der Chef ihr wieder mal eine neue Aufgabe gibt, ist sie wirklich nahe dran, Nein zu sagen. Sie hat weder Lust noch Zeit, diese Sondergeschichte auch noch zu bearbeiten. Doch wie es so ist, sagt sie auch diesmal „OK, ich schau einmal, wie ich es noch unterbringe."

An diesem Abend - beim gemeinsamen Essen im Kreise der Familie - wird über dieses und jenes geplaudert. Karin jammert über die viele Arbeit im Büro. Sie erzählt von der neuen Aufgabe, die extrem viel Arbeit bedeuten wird, die sie überhaupt nicht machen möchte und die nun doch auch bei ihr gelandet ist. Während sie und ihr Mann reden, fragt plötzlich ihre 7-jährige Tochter: „Mama, warum machst du denn diese neue Aufgabe, wenn du sie gar nicht machen willst?"

Karin antwortet: „Ja, weißt du mein Schatz – das ist nicht immer so einfach im Büro. Wenn ich die Aufgabe nicht erledige, dann ist mein Chef sauer auf mich und vielleicht auch die Kollegin, die die Aufgabe dann machen muss. Wenn ich

Nein sage, dann sind die anderen verärgert und böse auf mich."

Darauf antwortet ihre Tochter: „Aber Mama, wenn du nicht willst, dass ich was zum Naschen bekomme im Supermarkt, dann sagst du doch auch Nein. Und da ärgere ich mich schon ein kleines Bisschen, aber lieb haben tue ich dich dann trotzdem noch ganz fest."

Karin und ihr Mann schmunzeln und Karin sagt: „Danke, mein Schatz, das war lieb von dir." An diesem Abend denkt Karin noch lange über die Worte ihrer Tochter nach und über das Nein sagen gegenüber anderen.

Als sie am nächsten Morgen ins Büro kommt, betritt sie gleichzeitig mit ihrem Chef den Aufzug. Plötzlich fragt ihr Chef: „Karin, das mit der Zusatzaufgabe von gestern, geht das in Ordnung?" Und wäre diese Frage zu einem früheren Zeitpunkt gekommen, dann hätte sie ohne nachzudenken sofort gesagt: Ja, geht schon klar. Aber heute war ein anderer Tag. Heute war der Tag nach dem Gespräch mit ihrer Familie und so sagt Karin nach einer kurzen Pause: „Peter, ich habe gestern nochmals all meine Projekte und Termine durchgeschaut und ich muss dir ganz ehrlich sagen, wenn ich das auch noch mache, dann wird es mir definitiv zu viel. Vielleicht kann ja ausnahmsweise meine neue Kollegin diese Aufgabe übernehmen."

Ihr Chef schaut kurz auf und sagt: *„OK, ich habe mir schon lange gedacht, dass du am Limit arbeitest und habe dich bewundert, wie du immer alles geschupft hast. Diese neue Aufgabe ist sehr wichtig und ich bin froh, dass du ehrlich gesagt hast, dass du dafür nicht genug Zeit hättest. Ich denke Frau Huber hat ausreichend freie Kapazitäten und wird sich über diese Herausforderung sicherlich freuen."* Die Aufzugstür geht auf, der Chef wünscht ihr noch einen schönen Tag, verlässt den Lift und geht Richtung Büro. Karin steigt auch aus, bleibt noch kurz am Gang stehen und geht dann weiter in ihr Zimmer. Erleichtert und froh macht sie sich an ihre Aufgaben.

Am frühen Nachmittag geht plötzlich die Tür auf und die neue Kollegin - Petra Huber - kommt herein. Sie strahlt übers ganze Gesicht und fragt: „Hast du kurz Zeit?" „Ja, was gibt es denn?" antwortet Karin. „Stell dir vor, unser Chef war heute bei mir und hat mich gefragt, ob ich die Koordination des Qualitäts-Projekts übernehmen kann. *Ist das nicht toll?! Ich bin doch erst ein Jahr dabei und schon bekomme ich eine wirklich spannende und wichtige Aufgabe übertragen."* „Gratuliere, das freut mich sehr für dich", sagt Karin. „Eine Sache wäre da noch", fährt Petra fort. „Falls ich irgendwann mal so richtig anstehe beim Projekt, kann ich dann auf dich zukommen und mich mit dir austauschen?" „Klar doch, das mache ich gerne - wenn ich Zeit habe", sagt Karin und schmunzelt.

An diesem Abend steht Karin während des Essens auf, geht zu ihrer Tochter, drückt ihr einen dicken Kuss mitten auf die Wange und sagt: „Mein kleiner kluger Schatz, du bist das Beste, das mir je passiert ist.“

„Viel Leid ist in die Welt gekommen durch Missverständnisse und Dinge, die nicht gesagt wurden.“ (Fjodor Michailowitsch Dostojewskij)

„Jeder Gedanke ist ein Baustein am werdenden Schicksal - im Guten wie im Bösen.“ (Prentice Mulford)

Max, der aufmerksame Beobachter

Max war anders. Ganz anders als alle anderen Kinder in seiner Klasse und auch anders als alle anderen Kinder seiner Zeit. Er war immer extrem aufmerksam und ganz konzentriert bei dem, was er tat. Er war ein exzellenter Beobachter, kein Detail aus seiner Umgebung blieb ihm verborgen und er merkte sich alles, was er sah und was er hörte. Er war extrem ruhig, er konnte sich stundenlang mit einer Sache beschäftigen und er liebte Phantasiegeschichten. Am meisten liebte er die Geschichten, die er sich selbst ausmalte aus all den Eindrücken seiner Umgebung.

Die anderen Kinder seiner Klasse machten sich oft lustig über Max, aber ihm war das vollkommen egal. In seiner Klasse ging es immer wild her. Alle anderen Kinder konnten keine Minute ruhig sitzen, sie ließen sich durch jedes Geräusch ablenken, sie folgten nicht, brachten ihre Hausübungen regelmäßig zu spät, sie platzten immer mit ihren Fragen raus und konnten nicht warten, bis sie an der Reihe waren. In den Pausen wurde geschrien, gerauft, gestritten, telefoniert, im Internet gesurft, getrunken und gegessen und am liebsten hätten die Kinder dies alles gleichzeitig erledigt.

Die Lehrerinnen und Lehrer hatten es nicht leicht mit diesem wilden Haufen. Im Unterricht Wissen zu vermitteln, war eine Herausforderung und viel blieb nicht hängen, in den Köpfen der wilden Horde. Aber so war es eben und es war ganz normal. Die Mutter von Max machte sich oft Gedanken über die Zukunft ihres Sohnes und lief von einem Arzt zum anderen, in der Hoffnung auf Heilung ihres so gar nicht normalen Sohnes. Doch all ihre Bemühungen blieben ohne Erfolg. Max blieb anders und er war zufrieden damit.

Eines Tages war Max in der Schule und saß in seinem Klassenzimmer im 3. Stock. Rund um ihn ging es wieder einmal ordentlich rund und er saß nur da und beobachtete seelenruhig, was es zu sehen gab. Und als er so ganz konzentriert seinen Blick durch den Raum schweifen ließ, entdeckte er plötzlich einen kleinen, feinen Riss an der Decke. Fein und kaum sichtbar war der kleine Riss. Max schaute immer wieder zur Decke. In seiner Phantasie kamen kleine, witzige Ungeheuer durch den Riss in das Klassenzimmer, alle Kinder liefen dann aufgeregt davon und es wurde ganz ruhig in seiner Klasse. Schön stellte er sich das vor.

Es vergingen einige Tage und Wochen und die Kinder seiner Schule tobten weiter herum. Sie trampelten und hüpften, sie fielen von ihren Stühlen und sahen nicht, was an der Decke im Klassenzimmer von Max passierte. Der Riss wurde immer dicker und breiter. Auch die Lehrerinnen und die Lehrer entdeckten den Riss nicht, weil sie durch viele andere Aufgaben abgelenkt und viel zu beschäftigt waren.

An einem Freitag, dem Tag des alljährlichen Schulfestes, kam Max nach Hause und sagte ganz aufgeregt zu seiner Mutter: „Mama, ich gehe jetzt nicht mehr in die Schule. Auch nicht zum Schulfest heute Abend. Es ist viel zu gefährlich dort. Der Riss in der Decke ist schon so breit, dass ganz große Monster durchpassen. Die wollen uns alle auffressen. Nein, dort gehe ich sicherlich nie wieder hin." „Von was redest du da?", fragte seine Mutter. „Was für Monster und was für ein Riss in der Decke?" „Was für ein Riss? Na ja, der Riss in unserem Klassenzimmer. Der ist schon riesig. So groß, breit und lang. Die großen, gefährlichen Monster werden bald durchkommen."

Max´ Mama wusste, dass ihr Sohn viel Phantasie hatte, aber sie wusste auch, dass ihr Sohn ein guter Beobachter war und seine Geschichten immer nur aus Eindrücken seiner Umgebung entstanden. Sie lief daher aufgeregt zur Schule und direkt in die Direktion. „Im 3. Stock ist ein großer Riss in der Decke!", rief sie laut. „Kommen Sie mit, das müssen wir uns anschauen!"

Das Schulfest fand an diesem Abend nicht mehr statt. Das Schulgebäude wurde geräumt und nur acht Stunden später fiel es in sich zusammen.

Seit diesem Tag ist Max ein Held, und alle bewundern die Fähigkeiten von Max, dem aufmerksamen Beobachter und Lebensretter.

„Aufmerksamkeit, mein Sohn, ist, was ich dir empfehle; bei dem, wobei du bist, zu sein mit ganzer Seele." (Friedrich Rückert)

Ganz viele Luftballons

Die kleine Lisa darf heute mit ihrer Oma in den Vergnügungspark und sie ist schon ganz aufgeregt. Sie freut sich auf die vielen unterschiedlichen Bahnen, auf die süßen Leckereien und auf einen bunten Luftballon, den ihre Oma ihr jedes Mal dort kauft.

Lisa verbringt einen wunderschönen und vergnügten Nachmittag mit ihrer Oma und als es Zeit zum Gehen ist, entdeckt sie - gerade noch rechtzeitig - ganz am Ende der Parks eine riesige Traube bunter Luftballons. „Da sind sie!“, ruft sie voller Freude. Die Oma drückt ihr ein paar Münzen in die Hand und schon läuft Lisa davon. Sie rennt so schnell sie kann ihrem Ziel entgegen. Den vielen großen und bunten Luftballons. Als sie beim Ballonverkäufer ankommt, bleibt sie vor ihm stehen und schaut ihn mit großen und lachenden Augen an.

„Ich möchte bitte einen Luftballon“, sagt sie freundlich. Doch der Luftballonverkäufer ist gerade sehr mit sich beschäftigt und schimpft nur vor sich hin. Er hat unendlich viele Ballons in den Händen und kann sie fast nicht mehr halten. Keine Hand, kein Finger ist mehr frei. Bei jedem Schritt muss er aufpassen, dass kein Ballon davonfliegt und keiner zerplatzt. Sie sind nur noch eine Belastung für ihn. Aber was soll er tun?

„Ich möchte bitte einen Luftballon", wiederholt Lisa freundlich und etwas lauter. „Ja, siehst du nicht, dass ich gar keine Hand mehr frei hab!", ruft der Mann verärgert. „Wie soll ich dir einen Luftballon geben, ohne dass mir alle davonfliegen? Lass´ mich doch bitte einfach in Ruhe!" „Warum hast du dann so viele Luftballons, wenn du keine Freude damit hast?", fragt Lisa weiter. „Warum?! Blöde Frage. Weil ich sie verkaufen und damit Geld verdienen möchte", sagt der Mann verärgert. Das Mädchen schaut den Mann fragend an und sagt: „Ja, aber du hast jetzt ja keine Hand mehr frei zum Verkaufen. Sie sind doch nur noch eine Belastung für dich. Lass sie doch einfach los."

Da schaut der Verkäufer das fröhliche Mädchen an, er schaut seine Luftballons an, nochmals das Mädchen und dann, dann lässt er sie alle los. All seine großen und bunten Luftballons. Alle, bis auf einen. Sie fliegen davon immer weiter und weiter in den Himmel und der Mann lacht. „Da hast du deinen Luftballon. Ich schenke ihn dir", sagt der Verkäufer und geht fröhlich pfeifend davon.

„Lerne loszulassen, das ist der Schlüssel zum Glück."
(Buddha)

Missverständnisse leicht gemacht

Die folgende Geschichte über den Streit zwischen zwei Menschen ist nichts Besonderes. Und doch geschieht etwas Besonderes. Etwas, das es im echten Leben leider nicht gibt, jedenfalls nicht so, wie es in dieser Geschichte passiert.

Es ist ein wunderschöner Sonntag und ein Ehepaar – Franz und Sophia – beratschlagen beim Frühstück, was sie mit diesem sonnigen Tag anfangen sollen. Sie beschließen, einen Ausflug ins Grüne zu unternehmen. Da unter der Woche immer Franz mit dem Auto fährt, wird heute Sophia das Steuer übernehmen. Sie fährt nicht sehr oft, ist aber eine gute und umsichtige Autofahrerin und hatte noch nie einen Unfall. Sie laden einen Picknick-Korb in den Kofferraum, steigen ins Auto und es geht los. Beide freuen sich auf einen gemütlichen Tag zu zweit und Sophia genießt es, wieder mal am Steuer zu sitzen. Sie fahren aus der Stadt hinaus und auf die Autobahn. Nach einer Stunde Fahrzeit kommen sie zur Abfahrt. Runter von der Autobahn. Kurze Zeit später kommen sie zu einer Kreuzung.

Plötzlich sagt ihr Mann: „Sophia, die Ampel ist rot." „Ja, denkst du ich bin doof, oder blind? Ich sehe selbst, dass die Ampel rot ist", schnauzt Sophia zurück. „Ich wollte dir nur sagen, dass die Ampel rot ist und du bremsen sollst. Ohne irgendwelche Hintergedanken." Sie: „Ja, ja ich weiß schon. Du denkst immer ich bin ohne dich völlig aufgeschmissen. Immer musst du mir sagen, was ich zu tun habe." Er: „Jetzt reicht es aber. Nur weil du schlecht drauf bist, muss ich mir doch wirklich nicht den Sonntag verderben lassen." Sie: „Ich bin überhaupt nicht schlecht drauf. Du verdirbst mir gerade meinen Sonntag." Die Diskussion schreitet voran. Sie stehen vor der roten Ampel und streiten fröhlich weiter. Auf einmal öffnet Franz die Autotür und steigt aus. Die Frau bleibt verärgert, aber auch sehr traurig zurück und beginnt zu weinen.

Während sie so schluchzt, öffnet sich die Beifahrer-Tür. Sie denkt, es sei ihr Mann und schaut auf. Doch neben ihr sitzt plötzlich eine zarte, kleine Frau mit kristallblauen Augen, blonden Haaren und einer fast durchscheinenden Haut. Sie sagt: „Wenn du möchtest, drehe ich für dich die Zeit um 15 Minuten zurück." Sophia schaut sie entgeistert an und fragt: „Ja, ist das denn möglich? Wer bist du und wie soll das funktionieren?" Die elfenhafte Frau antwortet: „Ja, es ist möglich und die einzige Bedingung ist, dass du auf die Aussage deines Mannes vor der Kreuzung anders reagierst. Nichts hineininterpretieren. Nimm es einfach als gut gemeinten Hinweis und sonst nichts. Ist das möglich?" „Aber ja, das mach ich", sagt Sophia und in diesem Augenblick fährt sie wieder auf die Kreuzung zu.

Die Ampel ist rot. Franz sagt wieder: „Sophia, die Ampel ist rot. Sie antwortet: „Ja, die Ampel ist rot. Danke für den Hinweis, ich habe es auch schon gesehen." Während sie das sagt, beginnt sie langsamer zu werden und bremst vor der Kreuzung ab. Als sie dann so vor der Kreuzung stehen und warten bis es grün wird, beugt sich Franz zu ihr hinüber, küsst sie sanft auf die Lippen und sagt: „Jetzt sind wir bald bei unserer Lieblingswiese. Ich freue mich schon sehr auf die gemeinsame Wanderung und unser Picknick."

Als Sophia aus dem Fenster schaut, entdeckt sie die elfenhafte Frau wieder, die langsam vorbeischwebt und ihr mit einem Lächeln im Gesicht zuzwinkert.

„Sprache ist die Quelle aller Missverständnisse."
(Antoine de Saint-Exupéry)

„Keiner versteht den anderen ganz, weil keiner beim selben Wort genau dasselbe denkt wie der andere."
(Johann Wolfgang von Goethe)

Alles klar?!

Der kleine Paul ist sehr wissbegierig. Oft löchert er seine Eltern mit Fragen über dies und das. So viele Worte kennt er noch nicht. So viele Dinge sind neu und er will einfach alles wissen. „Mama, was ist dies?!“ „Papa, was bedeutet das?“ „Wieso ist das so?“ Was, warum, wieso, weshalb. So geht es tagein und tagaus.

Eines Tages belauscht Paul das Gespräch einer Nachbarin, die beim Gartenzaun steht und lautstark mit irgendjemandem telefoniert. „Der ist eben ein ewiger Junggeselle“, hört er die Nachbarin sagen. „Junggeselle, welch lustiges Wort. Ob es wohl auch einen Altgesellen gibt?“, denkt Paul. Da kommt gerade Pauls Papa um die Ecke. Er hat heute früher im Büro Schluss gemacht und hat noch Zeit, mit Paul Fußball zu spielen. Sie spielen und toben auf der Wiese herum.

Plötzlich bleibt Paul wie angewurzelt stehen und fragt: „Papa, was ist eigentlich ein Junggeselle?“

Sein Papa schaut ihn erstaunt an. „Wo hast du denn dieses Wort wieder aufgeschnappt? Komm mal her, ich werde es dir kurz erklären.“

Er erzählt also Paul von Männern, die noch keine Frau gefunden haben, die schon ewig nach der richtigen Frau suchen - aber erfolglos, und die manchmal darüber sehr traurig sind.

„Weißt du Paul, nicht alle sind so glücklich wie ich und haben die Frau ihrer Träume geheiratet. Hast du jetzt verstanden, was ein Junggeselle ist?", fragt sein Vater.

Paul schaut seinen Vater fragend an und dieser versucht es mit einer abschließenden Erklärung. „Also kurz zusammengefasst, Paul. Ein Junggeselle ist ein Mann, dem zum Glück die Frau fehlt. So - und jetzt lass´ uns noch fertig spielen."

So vergeht der Nachmittag und Paul ist zufrieden. Tolles Match mit Papa und wieder ein neues, schwieriges Wort gelernt. „Papa hat es ja so gut, dass er kein Junggeselle mehr ist", denkt sich Paul.

Nach dem Abendessen setzt sich Pauls Vater zum Fernsehen auf das Sofa und die Mutter begleitet Paul ins Kinderzimmer. Das Sandmännchen ruft. Sie setzt sich zu Paul ans Bett und sie plaudern – wie jeden Abend – über dies und das.

„Mama, weißt du was ein Junggeselle ist?"

„Ja, natürlich weiß ich das, Paul."

„Mama, ich weiß es auch! Papa hat es mir erklärt. Ein Junggeselle ist ein Mann, dem zum Glück die Frau fehlt", sagt Paul voller Stolz.

Daraufhin springt seine Mutter erbost auf. „Dein Vater ist doch wirklich unmöglich. Der würde schon sehen, wo er ohne mich hinkommt. Ob er da so glücklich wäre, möchte ich gerne wissen. Na warte nur, mit dem werde ich heute noch ein Hühnchen rupfen. Gute Nacht mein

Schatz!“ Sie gibt ihm einen Kuss und verlässt das Kinderzimmer.

Zurück bleibt der kleine Paul. Sprachlos und verwirrt. „Mit diesen Erwachsenen soll sich mal einer auskennen.“

„Eindeutigkeit der Sprache ist eine Illusion, weil Worte nur Hüllen sind, die erst durch eigene Erfahrungen mit Bedeutung gefüllt werden.“ (Zitat der Autorin)

„Was uns trennt ist die gemeinsame Sprache.“ (Karl Kraus)

Die brutale Entsorgung

Sabine arbeitet in einer Personalabteilung. Sie ist verliebt, frisch verlobt und geht gerne in die Arbeit. Ihre geliebte Oma ist kürzlich gestorben und das macht sie manchmal traurig.

In ihrer Abteilung - was heißt in ihrer Abteilung - im ganzen Unternehmen wird gerne und viel getratscht. Sabine tratscht auch gerne, nur manchmal wäre etwas mehr Ruhe bei der Arbeit hilfreich. Im Großen und Ganzen passt es aber für sie.

Wenn Sie ein neugieriger Mensch sind und wissen wollen, was da bei Sabine im Büro so getratscht wird, dann kommen Sie doch einfach mit. Ein kleiner Lauschangriff bei Sabine wird ja wohl erlaubt sein. Karin, die Kollegin liebt es ja auch, den anderen beim Telefonieren zuzuhören.

Sabine: „....Ja, und da habe ich beschlossen, mich von ihm zu trennen. Ich wusste einfach nichts mehr mit ihm anzufangen. Früher, da konnte ich ihn brauchen, aber jetzt war er nur mehr lästig. Er war mir nur mehr im Weg. So schwer es mir gefallen ist, nach all der Zeit, es musste einfach sein....“

Sabine verabschiedet sich und legt den Hörer auf. In der nächsten Pause trifft Karin eine Kollegin – Sophia aus dem ersten Stock.

Karin: „Hast du schon gehört. Sabine hat sich von ihrem Verlobten getrennt. Nach all den gemeinsamen Jahren. Ich verstehe das nicht. Die waren doch so glücklich miteinander und die Verlobung ist erst zwei Monate her. Unglaublich, oder?"

Sophia: „Nein!!! Woher weißt du denn das?"

Karin: „Ich habe es gehört, wie Sabine jemand anders davon erzählt hat. Ja, und wie die über ihn gesprochen hat, wie wenn sie sich von einem Möbelstück trennen würde. Echt unsensibel, fast brutal. So gar nicht ihre Art."

Sophia erzählt die unglaublichen News natürlich gleich ihren KollegInnen vom ersten Stock. Und so macht die Geschichte ihre Runden.

Auch Lukas erfährt davon. Als er Sabine am Nachmittag beim Kaffee trifft, spricht er sie an: „Sabine, es tut mir echt leid. Das ist für dich jetzt sicherlich nicht einfach. Abschied nehmen ist nie leicht."

Sabine: „Woher weißt du? Ja, eine für mich so wichtige Person zu verlieren, war echt hart." Sie fängt an zu weinen, sie schluchzt und heult. Lukas nimmt sie tröstend in die Arme.

So kommt es, dass schon bald alle KollegInnen über Sabines Geschichte informiert sind und Sabine wundert sich, dass sie alle irgendwie anders behandeln. So rücksichtsvoll, so bemüht freundlich, einfach anders. In der nächsten Woche ist

Sabine mit ihren Kolleginnen aus der Personalabteilung beim Mittagessen und sie tratschen über dies und das. Plötzlich greift Sabine in ihre Jackentasche, holt ihre Hochzeitseinladungen heraus und verteilt sie an ihre Kolleginnen. Stille. Keine sagt ein Wort. Was ist das? Letzte Woche noch die große Trennung und jetzt die Hochzeit?! Keiner traut sich etwas zu sagen, alle sind sprachlos.

Sabine: „Was ist denn los mit euch? Freut ihr euch nicht? War doch irgendwie abzusehen, dass wir nach unserer Verlobung bald den nächsten Schritt wagen, oder?"

Schweigen. Große Augen. Kopfschütteln.

Karin: „Na ja, es ist nur wegen der Trennung letzte Woche, oder Entsorgung - wie du es so schön formuliert hast und der vielen Tränen."

Sabine: „Trennung? Tränen?" Sie lacht: „Ach, das meinst du. Ich glaube, da habt ihr alle irgendetwas total falsch verstanden. Geweint habe ich, weil meine Oma gestorben ist, die ich über alles geliebt habe und entsorgt, ja, entsorgt habe ich nur einen: meinen alten Schrank. Der war einfach zu groß und zu nichts mehr zu gebrauchen."

„Es gibt viele Menschen, die sich einbilden, was sie erfahren, das verstünden sie auch." (J. W. von Goethe)

Die etwas andere Schöpfungsgeschichte

Vor langer, langer Zeit wurden die Menschen erschaffen. Ihr Schöpfer war zufrieden mit dem Ergebnis. Nur eines passte ihm so gar nicht. Alle Menschen waren gleich. Nicht was das Aussehen betraf, aber im Verhalten waren sie alle gleich. Langweilig, befand ihr Schöpfer.

Und so kam es, dass er zum Eigenschaftsrad ging und dort fleißig zu drehen begann. Jedes Wesen bekam eine bestimmte Eigenschaft und bald gab es die unterschiedlichsten Geschöpfe. Der eine geizig, der andere verschwenderisch. Die eine perfekt organisiert, die andere schlampig ohne Ende. Die eine ein richtiger Angsthase, ein anderer total leichtsinnig - ganz ohne Grenzen. Der eine unendlich egoistisch, die andere aufopfernd bis zum Umfallen. Der eine brutal ehrlich, die andere total verlogen und falsch.

Langweilig war es jetzt nicht mehr unter den Menschen, aber zufrieden war ihr Schöpfer bei Weitem nicht. Die Menschen stritten herum, bekämpften sich, waren mit sich selbst und anderen unzufrieden und irgendwie war der ganze Haufen alles andere als gelungen. Alles war so extrem einseitig! Was sollte der Schöpfer tun? Er war ratlos. Wenn alle gleich sind, ist es langweilig. Wenn alle total gegensätzlich und extrem sind, ist es unerträglich für alle Beteiligten.

Er grübelte vor sich hin und irgendwann hatte er eine Idee. Er könnte doch die Eigenschaften mischen. Und so kam es, dass einige geizige Menschen ein wenig vom Verschwender bekamen und einige Verschwender etwas von den Geizigen. Die Perfektionisten etwas von den Chaoten, die Feiglinge von den Leichtsinnigen, die Lügner von den brutal Ehrlichen, die Egoisten von den Aufopfernden und umgekehrt. Und siehe da! Wie schön war es jetzt, die Menschen zu beobachten. Sie waren so unterschiedlich. Einige waren großzügig, aber nicht verschwenderisch, einige sparsam, aber nicht geizig. Einige waren pragmatisch, nicht mehr perfekt und trotzdem zielstrebig und ordentlich. Sie waren risikobereit und umsichtig zugleich. Sie waren ehrlich, aber mit Takt und mit Sensibilität. Sie schauten auf ihre eigenen Bedürfnisse und Wünsche, aber auch auf die Interessen der anderen.

Mit diesen neuen Wesen war der Schöpfer außerordentlich zufrieden und er befand, dass es gut war.

„Das rechte Maß zu wissen, ist höchste Kunst."
(Heraklit)

„Der wahre Mensch wählt das Maß und entfernt sich von den Extremen, dem Zuviel und dem Zuwenig."
(Aristoteles)

Ein steiniges Problem

Vor langer Zeit lebten noch wenige Menschen auf dem Planeten Erde und das Leben war sehr einfach. Die Männer gingen auf die Jagd, die Frauen kümmerten sich um die Kinder, bereiteten das Essen vor und sammelten Kräuter. Die Menschen lebten in Sippen zusammen und schliefen in Höhlen. Sie schliefen direkt am Boden und auch die Nahrung wurde am Boden sitzend eingenommen, sitzend vor der Höhle - im Staub und im Dreck. So was das eben und man kannte es nicht anders.

Die Sippe von Fred hatte eine große Höhle gefunden und sie waren zufrieden mit ihrem Leben. Nur eine Sache ärgerte sie. Regelmäßig brachen Steine vom Felsen über ihnen ab und kullerten genau vor ihren Höhleneingang. Wirklich ärgerlich und viel Arbeit! Oft waren es richtig große Brocken und es war nicht immer einfach, diese fortzuschaffen.

Nicht weit von der Sippe von Fred lebte die Sippe von Horst. Die beiden waren alles andere als Freunde. So kam es, dass Fred mit seinen Leuten die großen, schweren Steine immer heimlich in der Nacht davonschaffte und zwar genau vor die Höhle von Horst. Fred freute sich jedes Mal tierisch, wenn sie einen Brocken dort ablieferten und er sich das Gesicht von Horst und seinen Leuten ausmalte, wenn die am nächsten Morgen über die Steine stolpern würden. So ging das Spielchen fröhlich weiter und immer mehr große Steine lagen vor der Höhle von Horst herum. Irgendwann fielen dann keine Steine mehr vom Felsen über der Höhle von Fred.

Wochen später, das steinige Problem war schon fast ganz vergessen, wanderten Fred und seine Leute auf der Suche nach Essbarem in der Gegend herum. Sie kamen auch bei ihren Nachbarn vorbei und bevor sie entdeckt werden konnten, versteckten sie sich hinter den Büschen und beobachteten, was sich dort so tat.

Was war das?! Die Sippe von Horst saß dort gemütlich rund um einen großen flachen Stein. Darauf lagen ein großes Stück Fleisch und viele Kräuter, Samen und Körner. Fein säuberlich ausgebreitet und es duftete herrlich. Und jeder hatte einen tollen Sitzplatz - aus Stein. Sie mussten nicht mehr im Dreck sitzen und sahen richtig zufrieden aus.

Freds Leute – versteckt hinter den Büschen - bekamen riesige Augen und schauten Fred vorwurfsvoll an: „Fred, sind das nicht die Felsbrocken, die wir mühsam hierher geschleppt haben, weil du dir das unbedingt eingebildet hast? Wir hatten die Arbeit und die das Vergnügen. Echt super. Vielen lieben Dank, Fred. Wir wollen auch so etwas haben!"

Es fielen aber leider nie wieder Steine vom Felsen und so kam es, dass Fred und seine Sippe weiterhin am Boden aßen - im Staub und im Dreck - und dabei jedes Mal neidisch an die Sippe von Horst dachten.

„Durch Hindernisse im Leben kann auch Schönes und Neues entstehen.“ (Zitat der Autorin)

„Hindernisse und Schwierigkeiten sind Stufen, auf denen wir in die Höhe steigen. (Friedrich Nietzsche)

Immer das gleiche Programm

Ich lade Sie ein, mit mir zwei Gedankenbilder zu zeichnen. Falls Sie nicht gerne zeichnen, egal. Dann lesen Sie den Text einfach durch und schauen, was passiert. Falls Sie dazu keine Lust haben, egal. Dann blättern Sie einfach zur nächsten Geschichte.

Sind Sie dabei? Dann nehmen Sie bitte Ihre inneren Zeichenstifte zur Hand und versuchen Sie, einen Steinzeitmenschen zu zeichnen. Vielleicht ist er klein und rundlich, vielleicht auch groß und schlank. Vielleicht trägt er nur einen Lendenschurz, vielleicht einen Umhang, vielleicht gar nichts. Vielleicht steht er vor seiner Höhle, vielleicht sitzt er am Lagerfeuer, oder er ist gerade auf der Jagd. Was auch immer. Zeichnen Sie ihn - wie immer Sie wollen. Es ist Ihr Bild und keiner wird es je zu Gesicht bekommen. Nehmen Sie sich die Zeit, die Sie dafür brauchen. Wie lange es auch immer ist.

Schon fertig? Dann habe ich noch einen Auftrag für Sie. Zeichnen Sie jetzt bitte ein weiteres Bild und zwar von einem Büroangestellten, der hinter einem riesigen Stapel Akten und seinem Telefon fast verschwindet und auch etwas gestresst wirkt. Vielleicht ist er klein und dünn, vielleicht groß und kräftig. Er trägt Kleidung, die man heutzutage so im Büro trägt, oder auch nicht. Was auch immer. Zeichnen Sie ihn so, wie es für Sie passt. Es ist Ihr

Bild. Nehmen Sie sich dafür die Zeit, die Sie brauchen.

Schon fertig? Dann bringen wir doch gemeinsam Bewegung rein – in das erste Bild. Stellen Sie sich bitte Folgendes vor. Ihr Steinzeitmensch schlendert gemütlich durch die Gegend und schaut sehr zufrieden aus. Plötzlich, hinter einem Busch – ein Untier. Groß, pelzig, mit riesigen Hauern. „Was ist das? Noch nie gesehen.“ Angst, Panik. Sein Körper reagiert in Bruchteilen einer Sekunde mit seinem vollen Überlebensprogramm. Stresshormone schießen durch den Körper, sein Herz rast, seine Atmung beschleunigt sich, die Augen werden größer, seine Nackenhaare stehen zu Berge. Volle Aktivierung, die letzten Energiereserven werden mobilisiert. Sein Körper ist bereit – es geht um Leben und Tod. Der Mensch schaut sich um. „Kann ich fliehen? Ja, da hinten ist eine enge Schlucht, wenn ich dort hinkomme, kann nichts mehr passieren.“

Und siehe da. Ihr Steinzeitmensch legt einen olympiareifen Start hin. Er beschleunigt, wie noch nie in seinem Leben, er läuft und läuft, nein er fliegt förmlich über den Boden. Das Tier hinter ihm? Keine Ahnung. Er wird immer schneller und erreicht schließlich die rettende Schlucht. „Geschafft. Das war knapp.“ Er ist glücklich. Die Energie ist verbraucht und er legt sich erschöpft in eine kleine Höhle, in der Mitte der Felsschlucht. Er ist stolz. „Was wird meine Familie sagen, wenn ich ihnen das erzähle?!“ Er ist erschöpft und schläft zufrieden ein.

Am nächsten Morgen erzählt Ihr Steinzeitmensch den anderen von seinem Abenteuer. Er beschreibt das Ungeheuer bis ins kleinste Detail und erzählt von seiner gelungenen Flucht. Kein anerkennendes Schulterklopfen, kein „Oh und Ah.“ Nein, ein lautstarkes Lachen von allen Seiten. „Ja, weißt du nicht, wovor du da davon gelaufen bist?“, fragen die anderen lachend. „Das war ein Zottel-Jettel. Völlig harmlos. Langsam wie eine Schnecke und isst nur Beeren, Blätter und Gräser.“ Die ganze Aufregung umsonst! Wenn er das gewusst hätte!

Und jetzt bringen wir doch auch noch kurz Leben und Bewegung in das zweite Bild - Ihr Büro-Angestellter. Er sitzt an seinem Schreibtisch. Das Telefon läutet, Unterlagen werden durchsucht, er ist unter Druck - wie immer. „Heute möchte ich mal pünktlich gehen. Meine Frau wird sauer, wenn ich sogar am Hochzeitstag zu spät heimkomme.“ Plötzlich, die Tür geht auf. Sein Chef kommt herein. Groß, mächtig und mit finsterer Miene. „Was ist los?“, denkt sich der Angestellte. „So nicht, Kollege!“, brüllt der Chef los und knallt eine Mappe auf den Tisch. „Wenn die Präsentation für den Vorstand nicht bis 18 Uhr bei mir am Tisch liegt und zwar fehlerlos und klar verständlich, dann müssen wir mal ein ernstes Wort miteinander reden!“ Die Tür fliegt zu. Weg ist er.

„Das schaffe ich nie. Meine Frau läuft Amok. Ich brauche den Job - der Kredit. Wer erledigt die anderen dringenden Aufgaben?" Tausend Gedanken jagen durch seinen Kopf. Angst, Panik. Sein Körper reagiert mit dem vollen Überlebensprogramm. Stresshormone schießen durch den Körper, sein Herz schlägt noch schneller als es sonst schon schlägt, seine Atmung wird schneller. Volle Aktivierung. Energiemobilisierung. Sein Körper ist bereit. Flucht? - nicht möglich. Angriff? - nicht möglich.

Also Augen zu und durch. Sitzen bleiben, weiterstressen, Präsentation überarbeiten und dem Chef auf den Tisch legen, alles andere erledigen, zu spät zum Abendessen erscheinen, Streit mit der Frau. „Geschafft." Endlich im Bett. „Was für ein Tag!" Er ist müde und erschöpft und kann die ganze Nacht nicht schlafen. Zu viele Gedanken, zu viel Energie. Das Abendessen liegt schwer im Magen.

Und am nächsten Morgen? Da geht die Geschichte von vorne los. Kein anerkennendes Schulterklopfen, kein „Oh und Ah" über die tollen Präsentationsunterlagen. Alles umsonst?!

Zeit für eine Programmänderung, oder?

SCHNITT

Ihr Büro-Angestellter will also heute früher gehen. Plötzlich, die Tür geht auf. Sein Chef kommt rein. Groß, mächtig und mit finsterer Miene. „Was ist los?", denkt sich der Angestellte. „So nicht, Kollege!", brüllt der Chef los und knallt eine Mappe auf den Tisch. „Wenn die Präsentation für den Vorstand nicht bis 18 Uhr bei mir am Tisch liegt und zwar fehlerlos und klar verständlich, dann müssen wir mal ein ernstes Wort miteinander reden!" Die Tür fliegt zu. Weg ist er.

„Das wird sich nicht alles ausgehen", denkt sich Ihr Büro-Angestellter. Er überlegt kurz und greift zum Telefonhörer. Er ruft seine Kollegen an, denen er für heute noch einige Auswertungen versprochen hat und erklärt ihnen seine Lage. „Na klar, die Präsentation für den Vorstand geht vor. Wenn ich die Unterlagen morgen bekomme, ist das für mich auch ok." Diese, oder ähnliche Sätze hört er von den meisten und schon waren fast alle Aufgaben für den heutigen Tag nach hinten verschoben. Auch seine Frau ruft er an und sagt ihr, dass es vielleicht etwas später wird, dass er sich meldet, sobald er fertig ist und, dass er sich schon wahnsinnig auf den Abend mit ihr freut. Er nimmt die Präsentation in die Hand und überarbeitet sie ganz konzentriert und zügig.

Und siehe da, um Punkt 18 Uhr ist er mit allen Arbeiten fertig. Er klopft sich selbst auf die Schulter und sagt leise: „Super gemacht, Kollege." Er erledigt noch zwei andere wichtige und dringliche Aufgaben und verlässt um 18.30 Uhr das Büro. Pünktlich um 19 Uhr ist er zu Hause, mit einem großen Blumenstrauß und umarmt seine Frau. Es wird ein toller Abend. Kurz vor Mitternacht schläft er müde, aber sehr zufrieden ein. Und am nächsten Morgen? Da fährt er beschwingt ins Büro und macht sich an die nächsten wichtigen und dringlichen Aufgaben.

„Die Umstände kannst du dir nicht immer aussuchen. Wie du mit ihnen umgehst schon." (Autor unbekannt)

„Nicht von außen wird die Welt umgestaltet, sondern von innen." (Leo Nikolajewitsch Graf Tolstoi)

Wann komme ich zu Wort?

Wie war´s in der Schule? Wie ist die Schularbeit ausgefallen? Ohne Fleiß kein Preis. Sätze aus Elviras Kindheit. Die Fragen: Wie geht es dir? Was ist dir wichtig im Leben? wurden nie gestellt. In der Schule war sie in allen Fächern gut. Welches Studium sollte es sein? Ein Studium mit guten Berufsaussichten. Klar. Also ab in die Wirtschaft, mit Auszeichnung studieren, viel arbeiten, gutes Geld verdienen und wenig Zeit für Hobbies. Elvira ist eine erfolgreiche junge Frau geworden. Erfolgreich im Beruf und zufrieden mit dem, was sie bis jetzt erreicht hat.

Bei der nächsten Gehaltsrunde wird sie wieder einmal vergessen. Elvira ist enttäuscht und verärgert. Doch viel Zeit zum Jammern bleibt ihr nicht. Sie stürzt sich weiter in ihre Arbeit - fleißig, zuverlässig und engagiert. In ihrem Inneren findet zeitgleich folgender Dialog statt.

Seele: „Ich bin enttäuscht und traurig. Elvira leistet wirklich Unmenschliches für die Firma und was ist der Dank dafür? Keine Gehaltserhöhung. Keine Anerkennung und Wertschätzung ihrer Leistung. Wozu habe ich so lange schon auf mein Wohlergehen verzichtet? Warum hat sie nie Zeit für mich? Warum hört keiner auf mich? Sie ist doch nicht mehr glücklich mit dem, was sie da tut?!"

Verstand: „Weil es einen so tollen Job nicht nochmals gibt. Nette Kollegen, spannende Aufgaben, ein toller Job! In einer anderen Firma wäre es sicherlich auch nicht besser. Ein Aufgeben gibt es nicht. Irgendwann wird sich das Engagement schon noch bezahlt machen."

Seele: „Irgendwann? Damit kann ich wenig anfangen. Sie könnte aus Protest ja einfach weniger arbeiten, weniger perfekt funktionieren und sich dafür einfach mehr Zeit für sich selbst nehmen. Loslassen, entspannen, gelassen sein, Hobbies nachgehen und vieles mehr."

Verstand: „Ihr macht aber die Arbeit nur Spaß, wenn sie perfekte Arbeit macht. Alles andere ist für sie unbefriedigend."

Die Seele fühlt sich immer mehr vernachlässigt und unverstanden. Sie lässt sich aber nicht unterkriegen. Gibt nicht auf. Sie versucht eine andere Strategie. Wenn der Verstand - der doch für das Logische zuständig sein sollte - so eigenartig reagiert und sie nicht verstehen möchte, dann wird sie einen anderen Weg ausprobieren. Sie tritt in Kontakt mit dem Körper.

Seele: „Kannst du mir helfen? Mir geht es nicht gut, keiner hört mehr auf mich und keiner versteht mich. Wozu bin ich denn überhaupt noch da?"

Körper: „Ich verstehe dich und ich werde dir helfen. Elvira wird bald wieder mehr Zeit für dich haben. Ich werde einfach krank. Dann kann sie nur mehr Ruhe geben."

Seele: „Vielen Dank, lieber Körper. Ich hoffe, dein Plan funktioniert."

Elvira arbeitet weiter - fleißig, zuverlässig und engagiert. Doch eines Nachts wacht sie auf und bekommt kaum Luft. Sie greift sich an den Hals. Sie hat Angst. Erst nach einer Stunde kann sie sich beruhigen und einschlafen. In den nächsten Wochen erlebt sie immer wieder diese eigenartigen Zustände. Ein Arztbesuch bringt sie nicht weiter. In den nächsten Wochen kommen immer weitere Symptome dazu. Sehstörungen, innere Unruhe und Herzrasen. Die Konzentration bei der Arbeit fällt ihr immer schwerer. Aber sie hält durch und lässt sich im Job nichts anmerken.

Seele: „Bis jetzt hat sich aber noch nicht viel getan, oder?"

Körper: „Mir war nicht bewusst, wie stark das Durchhaltevermögen von Elvira ist. Ich muss wohl etwas kreativer werden. Du kannst dich auf mich verlassen, liebe Seele. Wir gehören doch alle zusammen."

Elvira kämpft tapfer weiter. Sie arbeitet - fleißig, zuverlässig und engagiert - so gut es geht. Bis zum nächsten Urlaub hält sie durch. Alles wird gut. Sie fährt zuversichtlich in die wohlverdienten Ferien. Doch kaum angekommen, überfällt sie eine unerträgliche Übelkeit. Es bleibt ihr nichts anderes übrig, als wieder nach Hause zu reisen. Sie ist sich in der Zwischenzeit ziemlich sicher, eine seltene und schwere Krankheit zu haben und wartet nur noch auf einen gründlichen Check beim Facharzt.

Sie hat Glück. Der Arzt nimmt sich Zeit, viel Zeit für Elvira und ihren Körper. Organisch alles in Ordnung, sagt er. Aber ihre Seele sei unglücklich – über alle Maßen, meint er. Mit dieser Diagnose geht sie nach Hause und denkt nach. Den ganzen restlichen Urlaub denkt sie nach, über sich und ihr Leben. Und dieses Nachdenken bringt große Veränderungen in ihr Leben. Sie trifft eine weitreichende Entscheidung: Sie wird kündigen und sich eine Auszeit gönnen. Eine gute Entscheidung. Schon nach einigen Wochen sind ihre Symptome fast vollständig verschwunden.

Elvira wird in ihrem weiteren Leben noch viel Neues über sich selbst erfahren. Wie geht es mir? Was ist mir wirklich wichtig im Leben? Diese Fragen werden aber von nun an ihre ständigen Begleiter sein.

„Der Körper ist der Übersetzer der Seele ins Sichtbare."
(Christian Morgenstern)

Der leere Topf - Burnout

Wissen Sie wer ich bin? Ich selbst habe keinen Namen, aber ich gehöre zu Herrn Peter Huber. Ich bin sozusagen sein „Energietopf". Was, Sie wissen noch nicht, dass es so etwas bei Menschen gibt?! Nun ja, jeder Mensch hat seinen „Energietopf" und jeder schaut anders aus – so wie die Menschen selbst auch. Manche sind riesengroß, dick und sind aus extrem hartem Material – übrigens, ich rede jetzt gerade von den Töpfen - und manche sind klein und haben sehr dünne Wände. In diesen Töpfen befindet sich die Lebensenergie und manche Töpfe sind sehr voll gefüllt mit Kraft, Energie und Lebensfreude. Es gibt aber auch viele Töpfe, die sehr wenig Inhalt haben. Töpfe, bei denen durch zahlreiche Löcher viel Kraft und Lebensenergie abfließt, oft mehr als neue Energie nachfließt. Jeder ist anders und jeder erlebt seine ganz eigene Geschichte. Ich würde Ihnen gerne meine Geschichte erzählen. Darf ich? Ok, dann lege ich einfach mal los.

Wo fange ich am besten an? Ich denke ganz zu Beginn. Also mein Mensch – Peter Huber – war zunächst ein wirklich toller Energietopf-Besitzer. Er war ein Mensch, zu dem man einfach gerne gehörte. Er war hilfsbereit, immer für andere da, stets freundlich, verlässlich, genau, ehrgeizig, zielstrebig und damit auch erfolgreich. Und ich, ja, ich war zu Beginn auch ein entsprechend toller Energietopf. Groß, gut gefüllt und mit mir selbst zufrieden. Meine Wände waren zwar stets eher dünn, aber nicht jeder kann perfekt sein, oder? So lebten wir anfangs recht gut miteinander und die Zeit verging. Peter absolvierte erfolgreich sein Studium und fing danach in einem Unternehmen zu arbeiten an. Er arbeitete sich sehr rasch ein und wurde von allen Seiten gelobt. Er war immer für andere da, stets hilfsbereit und freundlich, verlässlich, genau und sehr zielstrebig. Immer, wenn es Lob vom Chef gab, schwappte eine wunderbare Ladung Energie in den Topf – also in mich – und es fühlte sich echt gut an. Ich blickte total zuversichtlich in die Zukunft und viele andere Energietöpfe waren sicherlich eifersüchtig auf mich, weil ich so einen tollen Besitzer hatte. Natürlich, ab und zu gab es auch mal Zoff und Ärger im Job und das eine oder andere Loch hat sich bei mir gebildet, aber unterm Strich muss ich sagen, ging es mir damals wirklich gut und ich war stets gut gefüllt. Übrigens, bevor ich es vergesse, Peter war damals auch in einer gutgehenden Beziehung, hatte viele Freunde und war in einem Sportverein aktiv.

Doch im Laufe der Jahre hat sich einiges verändert. Es gab diverse Umstrukturierungen in Peters Unternehmen. Er wurde nicht zum Gruppenleiter befördert, obwohl er ganz fest damit gerechnet hatte. Er bekam immer mehr Arbeit umgehängt und sein neuer Chef hatte nie Zeit für seine Leute und die Worte Lob und Wertschätzung waren für den wohl ein Fremdwort. Diese negativen Ereignisse rissen viele kleine und auch einige größere Löcher in meine Wände. Plopp, das tat weh. Die Energie floss immer mehr ab durch die vielen kleinen und die größeren Löcher. Peter hatte immer weniger Zeit für seine Freunde, seine Hobbies, seinen Sportverein und auch seine Freundin. Und ich, ja, bei mir kam immer weniger Energie nach. Wo blieb der Nachschub an Kraft, Energie und Lebensfreude? Ich war verzweifelt. Merkte Peter denn nicht, dass da etwas falsch lief und der Saft auslief durch die vielen Löcher?

Und da erkannte ich, dass wir zwei ein Problem hatten und auf ein noch größeres zusteuerten. Ich konnte mich nämlich mit Peter nicht verständigen. Ich dachte vorher immer, dass wir eine Sprache sprechen und alles harmonisch und rund läuft. Aber weit gefehlt. Zwischen uns gab es keinerlei Dialog. Ich verlor immer mehr Lebensenergie, weil die Löcher größer und zahlreicher wurden und immer weniger Kraft nachkam. Peter wurde häufiger krank, weil sein Körper die Notbremse ziehen wollte, aber ohne Erfolg. Er wurde immer unruhiger, konnte nur noch schlecht schlafen, fühlte sich angespannt, war unkonzentriert und aggressiv und zu allem Überdruss hat ihn seine Freundin in dieser schweren Zeit auch noch verlassen. Ehrlich gesagt hat mich das nicht gewundert, denn wer will einen Freund, der nur noch schlecht drauf ist, nur noch müde und unzufrieden durch´s Leben läuft und sich immer mehr von anderen zurückzieht. Es hat mich also nicht gewundert, aber umso härter getroffen. Plopp - ein riesiges Loch wurde in meine Wand gerissen. Dies tat ganz heftig weh und das Loch war wirklich groß.

Mir wurde immer mehr bewusst, dass es so nicht mehr lange weitergehen wird können. Kein Saft von oben rein, unten immer mehr raus und niemand da, der sich um das Flicken der Löcher kümmerte. Mir wurde angst und bang. Ich schrie aus Leibeskräften um Hilfe, aber keiner hörte mich. Peter war wie benebelt. Im Job gab es immer mehr Probleme, Konflikte und Streitereien. Projekte wurden nicht zeitgerecht fertig. Dinge, die früher leicht von der Hand gingen, kosteten ihm jetzt extrem viel Kraft und seine Mitarbeiter konnte er kaum mehr ertragen. Er strengte sich immer mehr an, aber die Wirkung wurde immer weniger. Freunde, die ihm helfen wollten, hat er zurückgewiesen. Er hatte zu wenig Kraft und Energie, aber er kämpfte weiter. Ein Aufgeben kam für ihn nicht in Frage. „Es wird schon wieder" war seine Devise.

Nun, ich könnte jetzt noch ewig lang über diese wirklich unerfreuliche Entwicklung erzählen und jammern, aber - machen wir´s doch kurz. Kurz vor Peters 35. Geburtstag hat sich Folgendes zugetragen. Peter schleppte sich nach Dienstschluss noch schnell in den Supermarkt, um irgendetwas Essbares für die nächsten Tage einzukaufen. Es war knapp vor 19 Uhr und er stand vor der Kasse. Als er das Kleingeld aus der Börse holen wollte, brauchte er dazu ewig. Er war geistig weit weg, seine Hände zittrig und er fühlte sich hundeelend. Plötzlich rief eine Frau hinter ihm mit lauter und aggressiver Stimme: „Sie Schlafmütze! Können Sie sich vielleicht ein bisschen beeilen, ich habe heute noch anderes zu tun.“ Da fiel ihm die Geldbörse aus der Hand und alle Münzen kullerten über den Boden. Plopp, es riss ein neues Loch in meine Wand und zwar ganz unten am Boden, wo sich die letzten Tropfen Energie gesammelt hatten. Er kroch auf allen Vieren am Boden, sammelte das Geld ein und stammelte nur noch: „Entschuldigung.“ Dann stand er auf und ging ohne Einkäufe nach Hause. Die Kassiererin rief ihm nach, aber er hörte sie nicht mehr. Er ging in seine Wohnung, legte sich hin und wusste, dass er am nächsten Tag nicht mehr aufstehen wird können.

Und so war es auch. Ich war ausgetrocknet und damit ging gar nichts mehr. Aus und vorbei! Zumindest jetzt mal. Sie werden sich vielleicht fragen, wie es danach weitergegangen ist. Was soll ich sagen?! Peter hat sich krank gemeldet und ging tagelang nicht mehr außer Haus. Es ging ihm wirklich schlecht. Ich fühlte mich so ausgetrocknet und leer und gleichzeitig fühlte ich gar nichts mehr. Ich konnte mich nicht spüren und gleichzeitig fühlte ich eine unendliche Traurigkeit. Ich dachte nicht an früher, ich sah keinerlei Zukunft und ein Jetzt gab es für mich nicht. Dieser Zustand dauerte einige Zeit an und wenn nicht Peters

Freund Jakob irgendwann vorbeigekommen wäre, weiß ich nicht, wie es ausgegangen wäre. Jakob kümmerte sich um Peter und brachte ihn zu einem Arzt. Der machte einige Untersuchungen und schickte ihn dann zu irgendwelchen Spezialisten, die sich anscheinend mit Nerven, der Psyche und wahrscheinlich auch mit Energietöpfen auskennen. Peter ging es zwar anfangs nicht besser, aber wir hatten zumindest Termine bei Ärzten und ich spürte einen Funken Hoffnung in mir aufkeimen, dass uns vielleicht doch noch geholfen werden kann.

Nach einigen Wochen - Peter war noch immer krankgeschrieben - schleppte sich Peter wieder einmal lustlos in die Küche, machte sich einen Tee und aß dazu geistesabwesend ein Stück Brot. Plötzlich läutete das Telefon. Es war seine Mutter. Sie erzählte ihm von ihrem Besuch des Botanischen Gartens und fragte, ob er nicht auch mal wieder dort hingehen möchte. Früher war Peter oft mit seiner Mutter dort. Jedes Jahr im Mai zum Muttertag war es ein Fixtermin für die ganze Familie. In den letzten Jahren war dafür natürlich keine Zeit gewesen und Peter hatte total vergessen, wie schön es dort war. Er fühlte sich noch zu schwach dafür und sagte: "Vielleicht ein anderes Mal." Sie sagte darauf: „OK, melde dich wann immer du dazu in der Lage bist. Es ist wirklich so schön dort und es wird dir sicherlich auch gefallen. Melde dich, falls du sonst was von mir brauchst. Alles

Liebe und bis bald." Peter legte sich nach dem Telefonat auf sein Sofa.

Er schlief ein und träumte von einem wunderschönen Blumengarten auf einer Südsee-Insel. Es war das erste Mal seit langem, dass er etwas so Schönes und Positives träumte. Als er aufwachte, rief er seinen Therapeuten an und erzählte ihm von dem Traum. „Wie schön!", meinte dieser. „Was könntest du tun, um diesem Traum ein wenig näher zu kommen?" Peter meinte, er könne in den Botanischen Garten gehen, aber er fühle sich noch zu kraftlos dazu. Der Therapeut daraufhin: „Lass uns doch morgen darüber reden, wenn du wieder bei mir bist!" Nach diesem Gespräch hat Peter noch lange hin- und herüberlegt und dann - ich glaubte es kaum - packte er sich zusammen und fuhr tatsächlich in den Botanischen Garten.

Dort angekommen setzte er sich auf eine Parkbank und betrachtete die Blütenpracht, das saftige Grün der Wiese, die schönen alten Bäume und beobachtete lachende Kinder, die auf einer Wiese spielten. Und in diesem Augenblick war er plötzlich unheimlich stolz auf sich. Er war allein hierher gefahren. Er hatte es das erste Mal seit Wochen geschafft, sich etwas vorzunehmen und dann auch umzusetzen. Und er konnte es sogar ein klein wenig genießen. Er fühlte etwas, es war nur ein kleines Gefühl der Zufriedenheit, aber darüber war er sehr glücklich. Und bei mir, ja, was soll ich sagen, bei mir tat sich auch etwas. Das Loch ganz am Boden war plötzlich verschwunden und ein wenig Lebensenergie schwappte in mich hinein. Es war nur eine ganz kleine Menge, aber sie blieb in mir drinnen, weil ja das unterste Loch weg war. Es konnte wieder etwas in mir drinnen bleiben! Ich war zwar noch fast leer, aber ich war nicht mehr ausgetrocknet. Ich konnte wieder etwas in mir behalten. Hurra! Ich war so glücklich und hätte vor Freude hochspringen können. Dies habe ich natürlich nicht gemacht, denn ich wollte jedenfalls vermeiden, auch nur einen einzigen Tropfen der köstlichen Lebenskraft auszuschütten. Ja, so war es. Das war der Beginn eines noch langen und nicht einfachen Weges für Peter und mich.

Peter ging weiter in Therapie und fand ganz langsam zurück ins Leben. Es gab dazwischen immer wieder mal Rückschläge, aber - und das ist für mich so schön - ich bin seit diesem Tag nicht mehr ausgetrocknet. Nach einigen Monaten ging es uns beiden wieder richtig gut. Es war kaum zu glauben. Ich hatte nur noch wenige Löcher, ich fühlte mich insgesamt irgendwie robuster, mit dickeren Wänden ausgestattet, und es floss immer wieder Energie von oben nach und ich füllte mich mehr und mehr. Und was für mich das Allerbeste war, Peter hatte einen Weg gefunden, mich wahrzunehmen und mit mir in Kontakt zu treten. Es fand ein richtig guter Dialog statt. Er merkte, wenn bei mir ab und an wieder zu viel Lebenssaft verloren ging und machte dann etwas dagegen. Ich weiß nicht wie, aber er wusste einfach, was ich brauchte. Er wusste Löcher zu stopfen und er wusste wie er Lebensenergie tanken konnte.

Irgendwie hat sich Peters Leben durch diese schwierige Phase – soweit ich mitbekommen habe hatte er ein Burnout - total verändert. Er hat jetzt einen neuen Job mit weniger Verantwortung, aber in einem Bereich, der ihm viel Spaß und Freude bereitet. Er hat eine neue Freundin kennen und lieben gelernt, er geht wieder regelmäßig in den Sportverein, trifft seine Freunde und ist fast jedes Wochenende mit seiner Freundin in der Natur. Sie haben das Wandern für sich entdeckt und genießen die ruhigen und entspannten Momente in der Natur. Er weiß jetzt, dass er auf sich schauen muss. Wer, wenn nicht er soll dies tun?! Er weiß, was ihm gut tut und was nicht und was er braucht, um langfristig einen ausreichend gefüllten Energietopf zu haben.

Und ich - ja, ich fühle mich wie neugeboren und bin wieder rundum zufrieden. Es tut sich immer was bei mir. Neue Löcher entstehen, andere gehen, Energie kommt nach, Energie fließt ab. Immer was los und das ist gut so. Ich lebe, wir leben und das ist wunderschön!

„Weise Lebensführung gelingt keinem Menschen durch Zufall. Man muss, solange man lebt, lernen, wie man leben soll.“ (Seneca)

Das Hamsterrad

Schnell und immer schneller läuft das Rad. Es läuft und läuft und steht nie still und ich? Ich laufe mit.

Läuft das Rad, weil ich laufe, oder laufe ich, weil das Rad von außen angetrieben wird? Ich weiß es nicht. Ich bin zu beschäftigt – rund um die Uhr - und habe keine Zeit, darüber nachzudenken. Meine Gedanken treiben mich an. Meine Umwelt treibt mich an. Ich selbst treibe mich an. Ich laufe immer schneller und schneller. Ein abruptes Stehenbleiben, während das Rad weiterläuft, würde mich unvermeidbar zu Fall bringen. Würde das Rad plötzlich von außen angehalten werden, ein Sturz wäre genauso unvermeidlich. Also weiter so. So ist die heutige Zeit. Es geht allen gleich.

Ich laufe und laufe. Immer schneller und schneller und meine innere Unruhe nimmt zu. Ich will schlafen. Aber es geht nicht. Zu viele Gedanken schwirren durch meinen Kopf. Ich bin zu aufgewühlt. Ich will Ruhe, aber ich halte ein Nichtstun gar nicht mehr aus. Irgendetwas treibt mich an. Ist es in mir, oder kommt es von außen? Ich weiß es nicht. Ich stehe irgendwie außer mir. Ich habe mich verloren, im Rausch der Geschwindigkeit. Meine Mitte ist weg. Wo ist sie hin? Welche Kraft hat sie mitgerissen? Wo bin ich selbst, wenn meine Mitte nicht mehr da ist? Wo ist mein Selbst?

Das Rad läuft weiter, aber es läuft nicht mehr rund. Wie soll es auch, wo doch die Mitte fehlt. Ich habe keinen Einfluss mehr auf das Tempo und den Weg des Rades. Ich bin nur mehr fremdbestimmt, weil ich mein Selbst verloren habe. Um es wieder zu finden, gibt es für mich nur einen Weg. Raus aus dem Rad!

Ganz bewusst langsamer werden. Es kostet viel Kraft und Energie, aber es geht. Ich steige kurz aus und blicke mich um. Ich sitze ruhig da und ertrage die Unruhe, die noch immer in mir ist. Ich sitze da und irgendwann ist die Ruhe nicht mehr unangenehm. Ich kann sie ertragen. Und irgendwann, kann ich sie genießen. Die innere Ruhe, die mir so viel Kraft gibt und mich zu meiner Mitte zurückführt. Zu meinem Selbst. Ich steige wieder ein in das Rad. In mein Rad. Es ist von nun an kein Hamsterrad mehr. Kein Rad, in dem ich nur des Laufens willen laufe, sondern es ist jetzt mein Lebensrad. Mein Rad, das fest verankert ist in meiner Mitte, in meinem Selbst und damit rund und gut laufen kann.

„Wer einmal sich selbst gefunden hat, der kann nichts auf dieser Welt mehr verlieren.“ (Stefan Zweig)

Der Antreiber-Rap - *Gedicht*

P*erfekt muss ich sein.*

Perfekt sein – immer und überall.
Kein Fehler erlaubt, nur keine Kritik.
Perfektes Ergebnis - so muss es sein.
Aus Fehlern lernen. Kritik als Chance.
Was soll ich sagen? Für mich ein Graus!

B*eliebt möcht´ ich sein.*

Beliebt sein – immer und überall.
Ein Nein gibt es nicht, ich helfe wo´s geht.
Verlässlichkeit, Rücksichtnahme – das muss sein.
Sagen: Ich will und auf sich schauen.
Was soll ich sagen? Für mich ein Grauen!

S*tark möcht´ ich sein.*

Stark sein - immer und überall.
Kein Aufgeben, keine Hilfe, ich schaff es allein.
Unabhängigkeit, Autonomie – das muss doch sein.
Gemeinsam stark sein, verwöhnen lassen.
Für mich unmöglich zuzulassen!

Schnell möcht´ ich sein.

Schnell sein - immer und überall.
Kein Zeitverschwenden, keine Rast.
Vorwärtsbringen, alles zugleich – das muss so sein.
Zeit zum Nachdenken, Schauen, Entdecken.
Was soll das bedeuten? Willst du mich schrecken?

Kontrolle möcht´ ich haben.

Kontrolle haben - immer und überall.
Kein Risiko eingehen, alles bedacht.
Vorbereitung und Planung – das muss doch sein.
Spontanes Gelingen, andere lassen.
Für mich unmöglich, dann bin ich verlassen!

Was braucht ein Kind? – *Gedicht*

Was braucht ein Kind zum Überleben, zum Wachsen und Gedeihen? Es braucht nicht viel. Viel ist schon da, von Anfang an.

Es kommt zur Welt - und braucht nicht viel.
Genügend Milch und Atemluft. Alles schon da.
Nur eines fehlt.

Zuwendung – Geborgenheit, viel Liebe.
Davon noch ein Stück. Die Zutaten für Lebensglück.

Was braucht es noch? Es braucht nicht viel - zum Wachsen und zum Reifen. Viel ist schon da, von Anfang an.

Fängt an zu wachsen - wie von selbst. Fast von allein, zur rechten Zeit. *Gefordert werden, unterstützt.* Das braucht es noch für´s Lebensglück!

Die Welt entdecken beim Spielen und Toben,
viel Spaß haben, Neues erproben.
Aus Fehlern lernen, nicht verzagen -
es danach einfach nochmals wagen.
Erfolge erleben, voll´ Stolz erbeben.
Seine Stärken entdecken, sie ja nicht verstecken.
Ordnung erfahren, Grenzen bewahren.

Respekt und Anerkennung, das tut gut.
Vertrauen genießen, das macht Mut.

Was braucht es noch? Es braucht nicht mehr viel -
zum Wachsen und zum Reifen.

Nur etwas *Ruhe,* das reicht dann schon.

Unser Körper, jeder Muskel, das Hirn – jeder Teil.
Sie wachsen, gedeihen - fast von allein.
Nicht nur beim Training und Trainieren, nein.
Erholungsphasen müssen sein.
So schaffen die das – einfach und still.
Ohne Überforderung und Drill.

Im *Gleichgewicht* eben, so soll es sein.

So wenig braucht ein Kind und zugleich doch so
viel.

Und was brauchen Sie zum GLÜCKLICH SEIN?

Brüderlein & Schwesterlein

Wissen Sie, wer wir sind? Wir haben keinen Namen, aber wir gehören zu einem Menschen. Wir sind die Körper- und die Seelenwaage. Was?! Sie wissen noch nicht, dass es so etwas bei Menschen gibt? Nun ja, jeder Mensch hat seine zwei Waagen. Wir sind für das Gleichgewicht der Systeme zuständig. Ich – die Körperwaage - kümmere mich darum, dass das System an sich gut läuft und meine Schwester – die Seelenwaage - ist vor allem für das Wohlfühlen zuständig. Wir arbeiten eng zusammen und unterstützen uns, wo es nur geht. Wir arbeiten immer daran, dass der Mensch in Balance bleibt. Oft sind wir dabei in Bewegung und pendeln hin und her, auf und nieder, rauf und runter. Immer zurück ins Gleichgewicht. Das macht Spaß! Wären wir noch nicht erfunden, dann wäre es höchste Zeit dafür, oder?!

Ja, so läuft das bei uns und den anderen Menschen. Ein geniales System. Damit wir funktionieren, brauchen wir im Allgemeinen nicht viel. Ein bisschen Ruhe und ein wenig Lebenskraft und Energie. Es muss nicht viel sein, aber ganz ohne läuft natürlich gar nichts. Falls Sie unseren Cousin, den Energietopf schon kennengelernt haben, dann wissen Sie, wovon wir da reden. Einfach und genial, ja, das sind wir. Wir sind ein eingespieltes Team, ich – die Körperwaage - und meine Schwester – die Seelenwaage.

Ein Angriff von Viren, Bakterien und all dem Zeug - für mich, die Körperwaage – normalerweise kein Problem. Ein wenig Fieber und schon wird den Lumpen das Garaus gemacht. Ein Überknöcheln beim Laufen, soll vorkommen. Ein wenig Ruhe, ein wenig Schonung und schon läuft alles wieder rund.

Eine stressige Zeit mit viel Anspannung und Belastungen – für meine Schwester, die Seelenwaage – normalerweise kein Problem. Ein wenig Ruhe und Entspannung und schon geht´s wieder weiter. Ein eintöniges Leben, immer das Gleiche, langweilig. Ein wenig Abwechslung und schon läuft wieder alles rund. Doch bevor wir uns zu viel loben, müssen wir Ihnen etwas gestehen. Es soll Situationen im Leben geben, da schaffen es die zwei Waagen nicht, das Gleichgewicht alleine wieder herzustellen. Dann sind sie auf Hilfe von außen angewiesen.

Bricht ein Knochen, Gips drauf, ruhigstellen und schon kann die Körperwaage wieder alles in Ordnung bringen. Steigt das Fieber in lebensbedrohliche Höhen, ein kleines Pulver, ein Saft und schon werden die Eindringlinge vernichtet.

Werden die Belastungen für die Seelenwaage zu groß, auch da kann geholfen werden. Ein guter Freund, ein guter Arzt, etwas Ruhe und Zeit zum Entspannen und Erholen, vielleicht das eine oder andere kleine Pulver und schon geht es wieder aufwärts.

Ich muss gestehen, in diesem Bereich läuft alles ein wenig schwieriger ab. Die Seelenwaagen haben es - so sagt man - nicht immer leicht. Die Heilung dauert oft länger, manchmal herrscht Ratlosigkeit unter den Helfern. Es ist nicht immer eindeutig, was zu tun ist. Es soll auch vorkommen, dass die Menschen nicht mitbekommen, dass die Seelenwaage schon zum Umfallen stark schwankt. Da müssen die Körperwaagen dann ein wenig auf krank machen, damit die das kapieren und Ruhe geben. Na ja, dazu arbeitet man ja im Team.

Damit das ganze System kippt, müsste schon wirklich Schlimmes passieren und davon wollen wir jetzt mal nicht ausgehen.

Zurück ins Gleichgewicht, (fast) ganz von allein. Darauf können Sie sich verlassen!

„Die Aufgabe des Arztes ist es, den Menschen bei Laune zu halten, während sich die Natur selbst hilft." (Voltaire)

„Man soll sich mehr um die Seele als um den Körper kümmern; denn Vollkommenheit der Seele richtet die Schwächen des Körpers auf, aber geistlose Kraft des Körpers macht die Seele nicht besser." (Demokrit)

Was ist Wirklichkeit?

Darf ich Sie zu einer Party einladen? Ich habe vorletzte Woche eine Einladung bekommen zu einem wirklich tollen Fest. Ein Fest von Herrn Dr. Fritz Fröhlich - ein bekannter Anwalt. Er ist verheiratet, hat zwei Kinder und ist bekannt für außergewöhnliche und einzigartige Feste. Er feiert seinen 50. Geburtstag. Wollen Sie mich dorthin begleiten? Auf meiner Einladung steht nämlich „mit Begleitung". Sind Sie schon genauso gespannt wie ich? Er wohnt in einer tollen Villa, mit traumhaftem Garten und es kommen 50 Gäste. Gute Freunde, viele Familienmitglieder und Arbeitskollegen und alles, was Rang und Namen hat. Es wird sicherlich super toll! Kommen Sie, fahren wir gemeinsam hin.

Doch was ist das? Das Tor ist geschlossen. Keiner da! Das kann nicht sein. Geben Sie mir doch bitte meine Einladung zurück. Oh, oh. Wir sind falsch. Die Party war schon gestern. Das tut mir jetzt aber wirklich leid. Wissen Sie was, ich befrage einfach ein paar Partygäste, wie die Feier so war.

„Caroline (eine gute Freundin der Familie), wie war die Party so?"

Die Party, ja, die war echt super. Leckeres Essen, tolle Musik und total nette Leute. Ich habe mit allen kurz geplaudert und mit einigen hatte ich echt viel Spaß. Ich habe auch einen guten Freund getroffen und wir haben viel getanzt und gelacht. Das beleuchtete Festzelt hat mir besonders gut gefallen. Insgesamt eine echt tolle Location. Also ich denke, die Party war ein voller Erfolg und Fritz konnte seinen 50. Geburtstag gebührend feiern.

„Frank (ein neuer, ehrgeiziger Anwaltskollege), wie war die Party so?"

Die Party, ja, die war für mich ein voller Erfolg. Ich konnte extrem viele Kontakte knüpfen, habe viele Kolleginnen und Kollegen getroffen und wir haben sehr interessante Informationen austauschen können. Aus dem einen oder anderen Kontakt könnten sich neue geschäftliche Projekte ergeben. Ich glaube, ich habe mich dort wirklich gut präsentiert. Als ich an der Bar von meinem letzten Fall erzählt habe, sind mir einige Besucher so richtig an den Lippen gehangen. Ich bin halt ein wirklich guter Erzähler und Unterhalter. Die Visitenkarten der neuen Bekannten habe ich schon abgelegt und den einen Kollegen, mit dem ich ein Projekt plane, werde ich nächste Woche gleich mal anrufen. Kurz zusammengefasst, die Party hat sich für mich wirklich ausgezahlt.

„Justus (der Bruder von Dr. Fröhlich), wie war die Party so?"

Die Party, ja, die war, wie jede Party von meinem Bruder, einfach nur mühsam. Ich bin nur hingegangen, weil er mein Bruder ist und sich das so gehört. Aber all seine Freunde und Kollegen sind echt nicht so meines. Wie sie sich alle immer wichtigmachen und auf erfolgreich tun. Gleich zu Beginn hat mir mein Bruder einen neuen Kollegen vorgestellt. Ein gewisser Frank. Teurer

Anzug, perfekte Frisur und ein totaler Angeber. Als er gehört hat, dass ich Mechaniker bin, hat er nur milde gelächelt und sich gleich anderen Gästen zugewandt. Beim Buffet habe ich ewig gewartet bis ich dran kam und das Essen war auch nicht so meins. Beim Essen ist mir dann auch noch das Salatdressing über mein Hemd geschwappt. Ich war echt sauer. Die Musik war super spießig und langweilig. Mein Bruder hatte natürlich wenig Zeit, sich mit mir zu beschäftigen. Seine Kinder haben sich mit mir unterhalten. Da den beiden auch langweilig war, haben wir uns einfach ein bisschen über die ganze Gesellschaft lustig gemacht. Ja, so war das. Für mich ein verlorener Abend, aber was soll´s.

„Anabel (eine Anwaltskollegin), wie war die Party so?"

Die Party, ja, die Party war so was von toll. Als ich angekommen bin, war gerade eine kleine Ansprache von Frau Fröhlich. Sie hat so schöne Worte gesagt, echt romantisch. Ich habe mich gleich unter die Gäste gemischt. Mein Kollege, Dr. Lange, war auch schon da und ich habe mich zu ihm gestellt. Er ist nämlich total unterhaltsam, fesch, charmant und wir verstehen uns so gut. Ich glaube, ich bin schon die längste Zeit ein wenig in ihn verliebt. An diesem Abend hat es zwischen uns wirklich total gepasst. Wir haben gleich am Anfang an der Sektbar gemeinsam getrunken und nett geplaudert. So gegen Mitternacht hat er mich zum Tanzen aufgefordert. Ich war total happy darüber und hätte am liebsten nicht mehr aufgehört zu tanzen. Er ist ein toller Tänzer. Die Musik war romantisch und ich fühlte mich wie im 7. Himmel. Beim Verabschieden hat er sich bei mir für den tollen Abend bedankt und gemeint, wir sollten mal gemeinsam was unternehmen. Und - er hat mir einen Kuss auf die Wange gedrückt und mich dabei mit seinen blauen Augen angeschaut. Ich bin total happy nach Hause gefahren. Die Party war einfach nur traumhaft schön und so romantisch.

„Sophie (Frau eines Anwaltskollegen), wie war die Party so?"

Die Party, ja, die war echt total perfekt, aber langweilig. Ich bin mit meinem Mann mitgegangen, weil er es unbedingt wollte und es für sein Geschäft anscheinend wichtig ist, mit der Frau auf solchen Feiern aufzutauchen. Zu Beginn hat Frau Fröhlich ein paar Worte gesagt, aber ich weiß nicht mal mehr, was sie gesagt hat. Sicherlich nur Unbedeutendes. Danach habe ich ein Glas Sekt getrunken und etwas gegessen. Das Essen war gut, aber nicht überragend. Die Tisch-Dekorationen haben mir sehr gut gefallen. Ich bin manchmal etwas abseits gestanden und habe den Garten der Familie Fröhlich angeschaut. Ein echtes Paradies. Wunderschöne Rosenbeete, alte Bäume und ohne die vielen Menschen sicherlich ruhig und sehr entspannend. Der Rosenduft ist mir in die Nase gestiegen. Das war wirklich ein schöner Moment. Ich habe kaum mit jemandem geredet und wenn, dann nur ganz kurz und nur belangloses Zeug. Also kurz zusammengefasst, die Party war in Ordnung, aber auch nichts Besonderes. Ich war echt froh, als wir um zirka 1 Uhr gegangen sind und ich eine halbe Stunde später tief und fest in meinem gemütlichen Bett schlafen konnte.

So - nun haben Sie die verschiedenen Versionen gehört und fragen sich jetzt wahrscheinlich so wie ich: Was ist auf dieser Party nun wirklich passiert? War sie nun lustig und toll, romantisch und schön, total perfekt, oder langweilig und verstaubt? War die Musik super, oder eine Katastrophe? Wenn ich mir diese Erzählungen anhöre, habe ich das Gefühl jeder war auf einer anderen Party!

Verdammt – hätte ich mich doch bloß nicht im Datum geirrt. Jetzt werden wir wohl nie erfahren, was dort wirklich passiert ist!

„Die Menschen können nicht sagen, wie sich eine Sache zugetragen, sondern nur wie sie meinen, dass sie sich zugetragen hätte." (Georg Christoph Lichtenberg)

„Die Erscheinung ist vom Betrachter nicht losgelöst, vielmehr in die Individualität desselben verschlungen und verwickelt." (Johann Wolfgang von Goethe)

Grenzenlos - *Gedicht*

Grenzen schränken ein.

Grenzen müssen abgerissen werden.

Grenzen sind zum Überwinden da.

Grenzen sind nicht mehr zeitgemäß. Beschränkungen, Ausgrenzungen sind abzulehnen. Wie richtig!

Doch was wären wir Menschen ohne unsere ganz persönlichen Grenzen?

Die Grenze zwischen sich selbst und der Umwelt, die Hülle, die das „Selbst" umschließt. Die Grenze, die abgrenzt zwischen Innen und Außen.

Wir wären wie Wassertropfen, die zusammentreffen, zusammenfließen und eins werden. Alles würde verrinnen, alles würde sich vermischen, alles würde gleich werden.

Es gäbe keinen echten Kontakt mehr mit anderen, keine Begegnungen, keine Berührungen, kein Aufeinander-Zugehen und dann sich wieder zurückziehen. Alles wäre eins, kein Ich & Du.

Klare Grenzen sind wichtig für uns selbst.

Oder wollen Sie sich auflösen, wie ein Regentropfen im Meer?

Klare Grenzen sind wichtig für andere.

Woher sollen die anderen wissen, was Sie wollen, wenn Sie es nicht klar kommunizieren?

Klare Grenzen sind wichtig für echten Kontakt.

Wie soll denn ein guter Kontakt, ein anregendes Gespräch, eine sinnliche Berührung stattfinden, wenn es keine Grenzlinie gibt, wo dieser Kontakt stattfinden kann? Wie wollen Sie sich für andere öffnen, wenn es keine Grenze zum Öffnen gibt?

Klare Grenzen sind wichtig für Entfaltung und Wachstum.

Wie sollen Sie sich durch Herausforderungen, Impulse und Anregungen von außen entfalten können, wenn es kein Außen gibt? Wie wollen Sie wachsen, wenn es keine Grenze gibt, über die Sie hinauswachsen können?

Wie soll durch Teamarbeit großartig Neues entstehen, wenn kein Ich & Du existiert?

Wie soll die Welt bunter und vielfältiger werden?

Klare Grenzen sind wichtig für grenzenloses Glück!

Das etwas andere Coaching-Gespräch

Immer passiert mir das Gleiche.

Wirklich immer? Immer das Gleiche? Egal wann, egal wo? Immer das Gleiche?

Fades Leben!

Alle sind gegen mich.

Wirklich alle? Alle Menschen – die ganze Welt? All die Milliarden?

Einfach unglaublich!

Keiner mag mich.

Wirklich keiner? Kein Mensch auf der ganzen Welt? Nicht mal einer?

Auch nicht der Keiner?

Ich bin derzeit so unglücklich in meinem Job!

Wirklich - jetzt gerade? Nicht gestern, nicht morgen, wirklich nur derzeit?

Sie Glückliche(r)!

Ist doch klar, mit 50 Jahren ist der Zug abgefahren.

Wirklich - der Zug ist abgefahren?
Soll vorkommen. Kommt immer wieder vor.

Aber ist Ihnen der Zug auf dem anderen Gleis noch nicht aufgefallen?

Würde er mich wirklich lieben, dann würde er weniger arbeiten.

Wirklich – würde er das?
Arbeitszeit und Liebe zu Ihnen stehen in direkter Korrelation zueinander? Höchst interessant!
Erklären Sie mir dieses Modell doch bitte genauer.
Zu komplex?

Dann einfacher: Was brauchen Sie, um sich geliebt zu fühlen?

Ich bin Viele

Waren Sie schon mal Führungskraft?
Ja?! Sehr gut, dann kennen Sie sich ja aus mit Mitarbeiterführung, Motivation, Teamarbeit, Leadership, Gruppendynamik, Psychologie, Personalmanagement und all den Kram.

Nein?! Sie waren noch nie Führungskraft?! Das kann echt nicht sein, dann haben Sie irgendetwas verpasst und nicht mitgekriegt.

Jeder Mensch ist eine Führungskraft und trägt damit Verantwortung für sein Team. Sie kennen Ihre MitarbeiterInnen noch nicht? Das schlägt dem Fass den Boden aus! Glauben Sie, Sie laufen ganz allein in der Gegend rum und machen Ihr Ding. Weit gefehlt! Sie bestehen doch aus einer Vielzahl von kleinen Persönchen. Vielleicht arbeitet bei Ihnen Peter - der Ehrgeizige mit, vielleicht Peter - der Schüchterne, vielleicht Susi - die Perfektionistin, oder Susi - die Chaotin. Vielleicht gibt es in Ihrem Team aber auch Peter - den fürsorglichen Vater, oder Peter - den aggressiven Polterer, vielleicht ist Susi - die Sensible, oder Susi - das wilde Huhn mit dabei. Wie Sie und Ihre Persönchen auch immer heißen, sie sind definitiv da und Sie sind ihr Manager oder ihre Managerin. Anders könnte es ja gar nicht funktionieren. Alles klar?! Falls Sie noch nicht ganz bei mir sind, lassen Sie mich doch bitte kurz die Geschichte von Susanne Mayer erzählen.

Susanne Mayer ist 40 Jahre alt, verheiratet, hat zwei kleine Kinder und sie ist Leiterin der Buchhaltung in einem großen Unternehmen. Sie mag ihren Job, wie man einen Job halt so mag. Mit Begeisterung ist sie schon länger nicht bei der Sache. Letzte Woche hat ihr Chef sie gefragt, ob sie mit Jahresende die Leitung der gesamten Finanzabteilung übernehmen möchte. Herr Friedrich wird dann in Pension gehen und sie soll darüber nachdenken, ob sie die Herausforderung annehmen möchte. Ende des Monats soll sie ihm Bescheid geben, wie sie sich entschieden hat. Susanne Mayer ist stolz. Sie geht mit hoch erhobenem Kopf nach Hause und fühlt sich gestärkt und total selbstbewusst. So weit, so gut.

So einfach könnte es sein, wäre da nicht dieses Innere Team, von dem ich vorher gesprochen habe. Umso länger Susanne über das Angebot nachdenkt, umso unsicherer wird sie. Da melden sich plötzlich ganz viele Stimmen zu Wort und wollen ihre Meinung dazu kundtun. Da gibt es Stimmen, die sind laut und fordernd, es gibt Stimmen, die nur zaghaft und leise ihre Meinung sagen und es gibt auch Persönchen, die sich dezent im Hintergrund halten. Susanne spürt diese Unruhe und Verunsicherung jeden Tag mehr und wird immer verzagter. Sie muss sich doch bis Ende des Monats entscheiden. Was ist richtig? Was soll sie tun? Soll sie zusagen, oder absagen? Entweder ja, oder nein?

Eines Abends trifft sie sich mit einer guten Freundin und sie plaudern über diese bevorstehende Entscheidung. Ihre Freundin, eine wirklich gute Freundin, hört ihr ganz genau zu und stellt immer wieder Fragen. Fragen, die sich Susanne in dieser Form bisher noch nicht gestellt hat. Und schon sind sie mitten drin in einer Teambesprechung. Es ist nicht einfach, alle betroffenen Persönchen zu finden und einige trauen sich anfangs gar nicht, zum Besprechungstisch zu kommen. Doch nach einigen Fragen und Gedankenspielereien melden sich doch alle.

„Was ist Eure Meinung zum Thema?"

Susi, die Ehrgeizige: Diese Chance gibt es nie wieder. Da musst du einfach zuschlagen. Finanzchefin, Chefin von 20 MitarbeiterInnen, das macht was her!

Susi, die Fürsorgliche: Und was ist mit deinen Kindern? Die sind doch noch klein und brauchen dich. Du bist jetzt schon wenig zu Hause und verbringst nicht rasend viel Zeit mit ihnen. Mit dem neuen Job ist dann überhaupt Schluss mit lustig. Ich würde das Angebot ablehnen.

Susi, die Schüchterne: Also ich habe ein wenig Angst vor der neuen Aufgabe. Leitung der Buchhaltung ist eine Sache, aber die ganze Finanzabteilung. Das traue ich mir nicht wirklich zu. Nein, bitte nicht Finanzchefin von 20 Leuten.

Susi, die Ehrgeizige ruft laut dazwischen: Wen interessiert denn das, was du sagst?! Wenn wir immer auf dich gehört hätten, wären wir heute noch im Kindergarten.

„Stopp, jeder darf seine Meinung sagen. Jede Stimme ist wichtig und soll jetzt gehört werden."

Susi, die Wilde: Das ist doch die Chance für ein spannenderes Leben. Endlich mal was Neues. Action, Herausforderung. Wunderbar. Greif zu. Mach es!

Susi, die Genießerin: Wenn ich auch mal was sagen darf. Neuer Job und damit mehr Geld ist ja ganz gut und schön, aber bleibt dann überhaupt noch Zeit zum Genießen und Wohlfühlen? Was ist mit der regelmäßigen Kammermusik mit Freunden, den schönen Museumsbesuchen und den gemütlichen und leckeren Abendessen mit der Familie? Es ist doch fein so, wie es jetzt ist. Ich würde den neuen Job keinesfalls annehmen.

Susi, die Sensible: Also wirklich glücklich bist du doch im jetzigen Job auch nicht mehr, oder? Glücklich sein, vor Energie strotzen schaut für mich anders aus.

„Gibt es noch jemanden, der etwas dazu zu sagen hat? Komm doch raus aus deinem Versteck. Was meinst denn du?"

Susi, die Kreative: Na gut. Ich hätte da mal eine kurze Zwischenfrage. Warum reden wir immer nur von *Ja oder Nein*? Es gibt doch auch noch andere Möglichkeiten. Wenn Susi – unsere Chefin - eine neue Herausforderung braucht, könnte sie rein theoretisch auch in einem anderen Unternehmen einen Job suchen. Vielleicht in einem kleineren Unternehmen, wo sie dann Finanzchefin und Buchhaltungsleiterin in einer Person ist. Sowohl als auch. *Also beides*. Oder, sie könnte natürlich auch etwas ganz Neues beginnen. Sich z.B. im Buchhaltungsbereich selbstständig machen, gemeinsam mit guten Freundinnen. *Also keines von beiden.*

Und so kommt es, dass an diesem Abend wirklich alle beteiligten Persönchen zu Wort kommen. Susanne Mayer nimmt sich Zeit für all ihre Mitarbeiterinnen, hört aufmerksam zu, gibt Feedback, hält Ordnung in ihrem Stimmenhaufen, versucht die verschiedenen Wünsche unter einen Hut zu bringen und sagt auch, was sie sich dazu denkt. Und siehe da. An diesem Abend trifft Susanne eine Entscheidung. Sie wird sich nächste Woche mit drei guten Freundinnen treffen und über eine mögliche gemeinsame Selbstständigkeit reden.

Wie die Geschichte ausgeht? Susanne lehnt das Angebot ihres Chefs dankend ab und macht sich ein halbes Jahr später selbstständig. Buchhaltung für Kunstbetriebe. Sie und ihre Freundinnen sind damit sehr erfolgreich. Sie gehen jeden Tag fröhlich ins Büro. Sie arbeiten viel und gerne. Es bleibt ihnen aber auch ausreichend Zeit für ihre Kinder, ihre Familien und für die schönen Dinge im Leben.

Falls Sie auch mal wieder nicht sicher sind, wohin die Reise gehen soll, nehmen Sie sich doch einfach Zeit für sich und Ihr Team. Sie sind die Führungskraft. Es ist Ihre Verantwortung, die Angelegenheit zu klären.

Ab und zu ein kleines Selbstgespräch kann also wirklich nicht schaden.

„Das Denken ist das Selbstgespräch der Seele." (Platon)

„Laut Denken gibt überhaupt unseren Begriffen einen neuen Grad von Klarheit und Bestimmtheit. Es bringt Sinnlichkeit und Verstand in eine engere Verbindung..." (Johann Gottlieb Fichte)

Im Fluss

Fritz der Fisch lebte lange Zeit in einem großen Zucht-Becken, mitten in einer schönen Landschaft. Er wurde dort bereits geboren und kannte nichts anderes in seinem Leben. Er schwamm - so wie all´ die anderen Fische - den ganzen Tag im Becken herum, ganz ohne Anstrengung, suchte Futter, freute sich über die Fütterungen durch die Menschen und lebte so vor sich hin. Die einzige Herausforderung war es, bei den Fütterungen schneller als die anderen Fische zu sein. Sonst tat sich nicht viel und das ewige ziellose im Kreis schwimmen wurde mit der Zeit etwas langweilig. Er war nicht unglücklich, nein, ganz und gar nicht. Er war halbwegs zufrieden. Es war ein nettes Leben und er hätte es sicherlich auch schlechter treffen können.

Eines Tages passierte das Unerwartete. Ein gigantisches Unwetter brach herein. Es regnete und regnete, Unmengen von Wasser fielen vom Himmel und das Becken wurde immer voller und voller und plötzlich: Eine Mauer brach in sich zusammen und Fritz, der sich gerade in der Nähe davon aufgehalten hatte, wurde mit den Wassermassen hinaus, in den dort vorbeiführenden Fluss, gespült. Raus aus dem sicheren Becken. Raus aus seiner bisherigen Heimat, raus in ein neues, ungewisses Leben im Fluss.

Er schwamm mit vielen anderen Fischen davon und war zu Beginn etwas ängstlich. Was erwartete ihn und seine Kameraden nun? Er schwamm so dahin und kam gut vorwärts. Nichts passierte und langsam ließ die Angst nach. Er schaute sich um und war beeindruckt von dem, was er da sah. Das Wasser war unheimlich klar, wunderschöne Steine lagen am Boden des Flusses, dazwischen gab es kleine Sandbänke, viel Grün und eine wunderschöne Landschaft verwöhnten seine Augen. Das Wasser hatte eine angenehme und erfrischende Temperatur. Er fühlte sich plötzlich unheimlich wohl in seiner Haut. Einfach wunderbar war dieses Wasser. Er schwamm gemütlich dahin und genoss jeden Augenblick.

Nach einiger Zeit wurde das Wasser immer schneller und schneller. Er wurde förmlich mitgerissen. „Nicht mit mir", sagte Fritz, der Fisch. Er kämpfte gegen die Stromschnellen an und siehe da, er konnte - mit etwas Kraftanstrengung - gut dagegen ankämpfen. Er sprang über die Wellen hinweg, hoch hinaus und schwamm zielstrebig in die andere Richtung. Je öfter er das tat, umso besser ging es. Er wurde gefordert und das tat gut. Weg war die Langeweile seines früheren Lebens. Er fühlte sich gut und immer besser.

Mit voller Konzentration war er bei der Sache, seine Angst verschwunden. Seine ganze Aufmerksamkeit war der Strömung gewidmet und er vergaß dabei alles rund um sich. Er empfand eine wunderbare Harmonie, eine tiefe Verbundenheit zwischen sich und dem Wasser, das ihn umgab. Sein ganzer Körper schwang im gleichen Rhythmus. Sein Herz, sein Gehirn, seine Atmung, alles war in Harmonie. Er schwamm gegen die immer stärkeren Strömungen an und es war einfach nur herrlich. Noch nie in seinem Leben war er so vertieft in eine Sache gewesen, noch nie hatte für ihn Zeit überhaupt keine Rolle gespielt. Noch nie hatte er so bewusst Kontrolle über sein Tun gehabt und noch nie fühlte er sich so sorgenfrei und glücklich. Viel Neues und Spannendes passierte und es war wunderschön.

Er war in seinem Element und fühlte sich wie ein Fisch im Wasser.

„Das ist eben die Eigenschaft der wahren Aufmerksamkeit, dass sie im Augenblick das Nichts zu Allem macht.“ (Johann Wolfgang von Goethe)

„Den Augenblick immer als den höchsten Brennpunkt der Existenz, auf den die ganze Vergangenheit nur vorbereitete, ansehen und genießen, das würde Leben heißen!“ (Christian Friedrich Hebbel)

Spiel des Lebens – *Gedicht*

Die Spielfigur zieht auf dem Brett dahin,
ist ganz so wie ich - in Wirklichkeit bin.
Mal geht es langsam voran und weiter,
dann wieder schnell und fröhlich heiter.

Ich will gewinnen! Was sonst ist das Ziel,
von diesem lebenslangen Spiel?
Und ziehen andere Spieler an mir vorbei,
ich ärgere mich oft und schimpfe dabei.

Das Brett - riesig groß, fast unermesslich,
bewusstes Tun ist unerlässlich.
Tagtäglich heißt es sich entscheiden,
und unnütz Risiko zu meiden.

Die vielen Regeln schränken ein,
doch ganz ohne sie wäre es auch nicht fein.
Kreativ sein, das ist täglich gefragt,
voller Mut habe ich oft schon Neues gewagt.

Ich liebe mein Spiel, es macht so viel Spaß,
doch manchmal bin ich auch wütend, voller Hass.

Alles so unfair und gar nicht gerecht,
das macht mich zornig, aber echt.

Doch dann geht es weiter mit dem nächsten Zug,
und die Zeit verfliegt wieder wie im Flug.
Ich habe gelernt, der Zorn bringt nicht weiter,
drum nehme ich das Spiel jetzt gelassen und heiter.

Ich kann es gestalten. Mein Brett, meinen Raum.
Nach meinen Wünschen, ganz wie im Traum.
Die einzige Grenze, die da ist,
das ist dein Spielraum, wo du dann bist.

Das Leben ist ein Spiel mit vielen Rollen,
die schönen, die traurigen und auch die tollen.
Ich kann entscheiden jeden Tag,
in welche Rolle ich schlüpfen mag.

Zug um Zug. Stufe für Stufe - weiter die Leiter.
Wo endlich das Ziel ist? Bringt niemand weiter!
Das Spiel macht mir Freude und ich lache viel.
Jede Stufe ist wichtig: Der Weg ist das Ziel.

Der Sorgenrucksack

Stefan hatte es nicht leicht. Sein Sorgenrucksack war übervoll und er schleppte sich immer gebückter durch die Gegend. Doch er war nicht allein. Vielen anderen Menschen erging es nicht anders und so fiel es auch gar nicht auf, dass Stefan immer unglücklicher dreinschaute. Das Gewicht hinterließ seine Spuren. Im Gesicht und am Rücken. Die Augen hatten den Glanz verloren, Sorgenfalten überzogen das Gesicht und seine Mundwinkel hingen freudlos nach unten. Sein Rücken war krumm und schmerzte. Der schwere, sorgsam gepackte Rucksack zog ihn immer weiter hinunter. Nicht nur körperlich. Tausend Gedanken raubten ihm den Schlaf, dauernde Unruhe und Anspannung machten Erholung unmöglich.

Eines Tages schlenderte Stefan durch eine stille Gasse. Er war müde und setzte sich dort auf eine alte Holzbank. Er schaute die Gasse entlang und plötzlich erregte etwas seine Aufmerksamkeit. Ein kleiner, winziger Mann kam flotten Schrittes die Gasse entlang und was war das?! Der Mann hatte keinen Rucksack bei sich. Nein! Dieser Mann hatte nur einen kleinen, zierlichen Bauchgurt umgeschnallt und marschierte fröhlich pfeifend, locker und leicht dahin. Stefan war irritiert. Unglaublich! In diesem kleinen Gurt konnten doch unmöglich all die Sorgen, die man so hat, Platz finden. Der kleine Mann hatte den staunenden Blick von Stefan bemerkt und blieb kurz vor der Bank stehen.

„Guten Tag“, sagte er und setzte sich ebenfalls auf die Bank. „Was schleppen Sie denn da alles mit sich herum?“, fragte der kleine Mann und schaute Stefan interessiert an. „Ja, was wohl, all meine Sorgen. Die großen und die kleinen.“ „Was zum Beispiel?“, fragte der kleine Mann weiter. „Na ja, Sorgen um meinen Arbeitsplatz, Sorgen um meine Familie, Sorgen um meine Gesundheit, Sorgen um mein Haus, meinen Garten, meinen Hund, Sorgen um die Glaslampe im Wohnzimmer, die schon einen großen Sprung hat und Sorgen um die Zukunft der Welt.“

„Wie groß ist die Wahrscheinlichkeit, dass Sie Ihren Job verlieren?“, fragte der kleine Mann. „Na ja, eigentlich nicht sehr groß. Der Firma geht es gut und ich denke, mein Chef ist schon recht zufrieden mit mir. Aber - man weiß ja nie.“ „Was wäre die schlimmste Folge, wenn Sie Ihren Job verlieren würden?“ „Na ja, ich wäre einige Zeit arbeitslos und müsste mir wieder was Neues suchen. Sollte in 2-3 Monaten möglich sein. Aber - man weiß ja nie.“ „Wie sicher ist es, dass Sie krank werden?“ „Na ja, ich bin eigentlich ganz fit und bis dato ist alles in Ordnung. Aber - man weiß ja nie.“

Der kleine Mann interessierte sich für alle Sorgen von Stefan und stellte ihm immer wieder die gleichen Fragen. Danach fragte das Männchen: „Wollen Sie mal Ordnung schaffen in Ihrem sorgsam gepackten Rucksack? Das kann unheimlich erleichternd sein." Stefan wurde neugierig und gemeinsam machten sich die zwei ans Sortieren.

Am Ende standen sie vor einer Vielzahl verschieden großer Haufen. Haufen mit Sorgen um Dinge, die höchst wahrscheinlich nie eintreten werden. Haufen mit Sorgen um Dinge, die gar nicht wirklich wichtig sind. Haufen mit Sorgen anderer Leute und einen Haufen mit Sorgen um Dinge, die höchst wahrscheinlich bald passieren werden und deren Konsequenzen unangenehm wären. Wie klein dieser Haufen doch war. Nur eine Sache befand sich an diesem Platz. Die große Glaslampe. „Wenn die abstürzt – und das wird sicherlich bald passieren - während wir am Esstisch sitzen, könnten wir alle schwer verletzt werden."

„Welche Ihrer Sorgen sollen wir denn jetzt wieder in den Rucksack packen? Was davon möchten Sie weiter durch´s Leben schleppen?", fragte das kleine Männchen. Stefan hob seinen Kopf, schaute den kleinen Mann an und dann seine Haufen. Er packte einen davon und warf all die unwichtigen und unwahrscheinlichen Dinge in weitem Bogen davon. Das Gleiche machte er mit vielen anderen Sorgen aus den anderen Haufen und es blieb neben der Glaslampe nur wenig übrig. Sie packten diese Dinge sorgsam in den Rucksack. Stefan wird sich darum kümmern. Er wird Vorsorge treffen –

wo nötig – und damit das Gewicht noch weiter reduzieren können.

Und eine Sorge, die wurde er gleich auf dem Nachhauseweg los. Er ging ins Lampengeschäft und kaufte eine neue, wunderschöne Stofflampe. Perfekt für sein Wohnzimmer.

„Mein Leben bestand aus lauter Katastrophen, von denen die meisten nie eingetroffen sind."
(Michel de Montaigne)

„Halte dir jeden Tag dreißig Minuten für deine Sorgen frei, und in dieser Zeit mache ein Nickerchen."
(Abraham Lincoln)

Lutz kann nicht folgen

Der kleine Lutz lebte mit seiner Familie in einer großen Kolonie. Seine Familie hatte es wirklich nicht leicht mit ihm. Er war ein so übermütiges Kind. Er machte was er wollte und konnte einfach nicht folgen. Seine Eltern waren am Verzweifeln. Sie fragten andere Eltern aus der Kolonie, was sie nur tun könnten. Keiner wusste einen Rat. Sie hatten schon alles probiert. Nichts hat geholfen. Lutz konnte einfach nicht folgen.

Die Kolonie wuchs sehr rasch und bald war nicht mehr genug Platz für alle. So kam es, wie es immer kam, wenn sie zu zahlreich wurden. Viele von ihnen versammelten sich und gingen gemeinsam den Hügel hinauf zu der großen Wiese. Dort stand ein Wegweiser. Zu den Klippen – Futter! stand auf dem rechten Pfeil. Ins Ungewisse – Gefahr! stand auf dem linken. Keiner wusste mehr, wer diesen Wegweiser aufgestellt hatte, aber das war vollkommen egal. Jeder von ihnen wusste, dass der rechte Weg der richtige Weg war. Das wusste man einfach – von Kindheit an. Keiner von denen, die den rechten Weg genommen hatten, ist jemals in die Kolonie zurückgekehrt. Ein eindeutiger Beweis dafür, wie schön es in der neuen Heimat – dort oben hinter den Klippen - sein musste. Schön. Ausreichend Nahrung. Kein Grund jemals zurückzukehren. So standen nun viele von ihnen bei der

Weggabelung und warteten, bis alle da waren. Auch die Familie von Lutz war diesmal mitgekommen, und alle freuten sich schon auf die neue Heimat – dort oben hinter den Klippen.

Plötzlich erhob Lutz lautstark seine Stimme und rief: „Ich will aber nicht nach rechts gehen. Ich finde der Weg nach links schaut viel schöner aus."

„Lutz, jetzt reicht es aber!", brüllte sein Vater. „Was glaubst du denn? Hier wird nicht gemacht, was du willst, sondern das, was alle machen. Die Entscheidung ist ganz klar. Wir nehmen den rechten Weg. Verstanden?!"

Der kleine Lutz gab nicht auf. „Ich will aber nach links!", schrie er für alle hörbar. Der kleine Lutz wollte nicht folgen. Seine Eltern waren verzweifelt. Was sollten sie tun?

„Lasst doch diesen Fratz einfach nach links laufen. Er wird schon sehen, wo er hinkommt", sagte ein Nachbar der Familie.

Schweren Herzens gingen also die Eltern mit den anderen nach rechts und der kleine Lutz marschierte ganz allein zielstrebig nach links. Er marschierte und marschierte fröhlich pfeifend dahin und hüpfte dabei von einem Bein auf das andere. Wie schön es hier war. Es war schön und wurde immer schöner. Er kam zu einem Hügel, dichtbewachsen mit Sträuchern und Gräsern. Unendlich viel Platz und unendlich viel Nahrung.

„Ich hatte also recht“, lachte der kleine Lutz. „Hier ist es wie im Paradies.“

Zur gleichen Zeit blieben seine Eltern auf ihrem Weg zu den Klippen stehen. „Ich kann nicht weitergehen“, sagte Lutz´ Mutter. „Wir müssen zu unserem Sohn. Komm. Lass uns doch einfach umkehren.“ So standen sie eine ganze Weile und diskutierten, was sie nun tun sollten.

Alle anderen marschierten in der Zwischenzeit fröhlich pfeifend an ihnen vorbei. Sie liefen immer schneller und schneller, voller Vorfreude auf das, was hinter den Klippen auf sie wartete. Sie liefen weiter und dann plötzlich waren sie verschwunden. Weg. Abgestürzt - vom rechten Weg.

Die Eltern von Lutz hatten alles beobachtet und zitterten vor Erregung. Sie drehten sich um und gingen mit hängenden Köpfen zurück zum Wegweiser. In diesem Moment kam gerade Lutz gelaufen. „Mama, Papa! Ich hatte recht, der linke Weg bringt uns ins Paradies. Schnell, kommt mit, das müsst ihr euch anschauen!“ Die Eltern sagten nichts. Sein Vater packte den Wegweiser und riss ihn aus dem Boden. Seine Mutter weinte. Sie umarmte ihren Sohn und dann gingen sie zurück in die Kolonie.

So kam es, dass das erste Mal seit es die Kolonie gab, jemand von denen, die davongezogen waren, zurückkehrte. Es gab viel zu erzählen. Ein neuer Wegweiser wurde aufgestellt. Zu den Klippen - Gefahr! stand von nun an auf dem rechten Pfeil.

Ins Paradies - Futter! stand von nun an auf dem linken.

Und Lutz´ Eltern, die waren sehr stolz auf ihren Sohn, der einfach nicht folgen konnte.

„Denn nichts ist schwerer und erfordert mehr Charakter, als sich im offenen Gegensatz zu seiner Zeit zu befinden und laut zu sagen: Nein.“ (Kurt Tucholsky)

„Glaube ist Gewissheit ohne Beweise.“ (Henri-Frédéric Amiel)

„Überzeugungen sind gefährlichere Feinde der Wahrheit als Lügen.“ (Friedrich Nietzsche)

Aussagen & Antworten im Quadrat

„Das Fenster ist schon wieder offen."

Wie Recht du hast. Es ist tatsächlich schon wieder offen.	Ja, es ist offen. Ist dir zu kalt?
Ok. Ich mache es gleich wieder zu.	Habe ich eigentlich einen Stempel am Kopf, auf dem steht, dass ich für´s Fenster zumachen zuständig bin?!

„Ich kämpfe mich durch deine Unterlagen."

Ja, ich weiß. Die Unterlagen sind nicht einfach.	Sind sie zu schwierig? Kommst du damit nicht klar?
Wie kann ich dir helfen?	Ja, ist weiß, du hältst mich für chaotisch und unorganisiert!

„Ich habe Hunger."

Dein Körper ist also nicht ausreichend mit Energie und Nährstoffen versorgt.	Du hast also gerade ein wirklich unangenehmes Empfinden.
Willst du meine halbe Wurstsemmel?	OK. Für´s Kochen bin ich zuständig. Ich gehe schon in die Küche und bereite etwas Gutes vor.

Und wie reagieren Sie auf solche Aussagen?

Sätze aus der Kindheit

Mutter: „Susi, es interessiert mich nicht, was du willst. Mach gefälligst, was ich von dir verlange!"

Vater: „Susi, jetzt sei endlich ruhig. Es interessiert wirklich niemanden, was du dir dazu denkst. Verstanden?"

20 Jahre später. Der Ehemann: „Susanne, du machst es mir echt nicht leicht. Woher soll ich denn wissen, was du willst, wenn du es mir nie sagst! Manchmal habe ich den Eindruck, du weißt selbst nicht, was du willst."

Vater: „Michi, du bist wirklich total unfähig. Du wirst es nicht weit bringen in deinem Leben. Egal was du angehst, alles endet in einer Katastrophe."

30 Jahre später. Ein Freund: „Michael, jetzt komm doch endlich raus aus deinem stillen Kämmerchen. Du musst es einfach ausprobieren. Wer nicht wagt, der nicht gewinnt. Was soll denn schon Schlimmes passieren?"

Mutter: „Rudi, über dich kann man sich wirklich nur ärgern. Du folgst überhaupt nicht, du machst was du willst und bist nur frech. Du bist eine einzige große Enttäuschung für deinen Vater und für mich!"

40 Jahre später. Eine Kollegin: „Rudolf, was ist los mit dir? Du bist immer so unrund und wirkst so traurig. Das Leben ist doch schön!"

Mutter: „Poldi, jetzt mach endlich weiter. Was trödelst du den ganzen Tag nur rum. Beeil dich jetzt, wir müssen fort!"

Vater: „Poldi, jetzt gib wenigstens einmal in deinem Leben Gas, sonst kommen wir noch zu spät zu Tante Mathilde."

50 Jahre später. Die Eltern: „Leopoldine, jetzt geh doch nicht so schnell. Wir kommen dir ja gar nicht mehr nach."

Die Söhne des Gärtners

Es war einmal ein Gärtner, der hatte zwei Söhne. Die zwei waren sehr verschieden. Sie waren so unterschiedlich, wie sie unterschiedlicher nicht sein hätten können. Der erste Sohn war genügsam ohne Ende. Egal was er zu Essen bekam, er war damit zufrieden. Egal welche Arbeit er verrichten musste, er packte sie an und erledigte sie frohen Mutes.

Der zweite Sohn war sehr oft unzufrieden. Nichts passte ihm und nichts war gut genug. Egal was er zu Essen bekam, er war damit unzufrieden. Er würzte nach, er gab was dazu, oder er lief einfach davon. Zu seiner Tante, zu seiner anderen Tante oder zu seiner Oma - und schaute, was es dort zu essen gab. Egal welche Arbeit er verrichten musste, sie war ihm nicht recht. Er tauschte das Werkzeug, er holte sich Hilfe, oder er ließ alles liegen und stehen und lief einfach davon. Oft schimpfte er über seinen Bruder und sagte: „Was bist du doch für ein Einfaltspinsel. Mit allem und jedem bist du zufrieden. Du weißt ja gar nicht, was du willst. Du bist einfach zu dumm und faul irgendetwas zu verändern. Nie möchte ich so sein wie du."

Die Söhne vom Gärtner wuchsen heran und jeder von ihnen ging seinen Weg. Der erste Sohn blieb bei seinem Vater und war zufrieden und glücklich, mit seinem bescheidenen Leben im Dorf. Er liebte seine Arbeit in der Gärtnerei, er liebte seine Familie und konnte sich ein anderes Leben gar nicht vorstellen.

Der andere war fortgezogen – von einem Arbeitgeber zum nächsten - auf der Suche nach Glück und Zufriedenheit. Das Leben des zweiten Sohnes war voller Veränderung. Er war oft unzufrieden und investierte viel Kraft und Zeit, alles nach seinen Wünschen zu verändern. War ein Verändern nicht möglich, dann ließ er lange nicht locker und blieb verbissen dran. Irgendwann reichte es ihm dann aber doch, und dann, ja, dann lief er einfach wieder davon und zog weiter - auf der Suche nach Glück und Zufriedenheit.

So vergingen viele Jahre und eines Tages kam der zweite Sohn in eine Gaststube und setzte sich dort an die Bar. Neben ihm saß eine schwarz gekleidete ältere, aber sehr attraktive Frau. Sie kamen ins Gespräch und er war fasziniert von ihrer Klugheit und all ihrem Wissen, von ihrem neugierigen und verständnisvollen Blick und er war fasziniert von der Zufriedenheit, die sie ausstrahlte. Er erzählte ihr über sein Leben und von seiner Suche nach Glück. Sie hörte ihm aufmerksam zu und fragte ihn dann irgendwann, welchen Menschen er am wenigsten verstand. Er dachte eine Weile nach und meinte dann: „Wenn ich ganz ehrlich bin, dann ist das mein Bruder. Der ist ein totaler Einfaltspinsel, dem passt alles, was man ihm vorsetzt und der tut immer so auf zufrieden. In Wirklichkeit weiß er wahrscheinlich gar nicht, was er wirklich will und ist nur zu faul, etwas an seinen Umständen zu verändern."

Daraufhin sagte die ältere Frau: „Oft sind es gerade die Menschen, die wir am meisten ablehnen, die für die eigene Entwicklung wichtig sind. Wir können von ihnen genau das lernen, was in unserem Leben noch fehlt." Dann stand sie auf und ging. Er schaute ihr nach und war beeindruckt von ihrer Selbstsicherheit und ihrer Zufriedenheit, die man bei jedem Schritt spüren konnte. „Was soll ich von meinem Bruder lernen?", fragte er sich und dachte an diesem Abend noch lange über die Worte der älteren Frau nach.

Am nächsten Morgen beschloss er, wieder einmal nach Hause zu fahren und seine Familie zu besuchen.

Sein Vater freute sich sehr, seinen zweiten Sohn wiederzusehen und gleich am ersten Abend bereitete er ein Festmahl für seine Familie vor. Nach dem Essen saßen alle noch lange zusammen, erzählten von den letzten Jahren und plauderten bis spät in die Nacht. Irgendwann saßen nur noch die zwei Brüder am Tisch und da fragte der zweite Sohn: „Was ich dich übrigens schon lange fragen wollte - weißt du genau, was du vom Leben willst?"

Daraufhin der erste Sohn: „Ich will das Gleiche wie du. Ich will glücklich und zufrieden sein. Ich bin aber nicht so klug wie du und auch nicht so mutig. Ich hätte mich nie getraut, in die weite Welt zu gehen und darum habe ich vor langer Zeit beschlossen, das zu lieben, was ich schon habe und was das Leben so bringt. Ich lebe gut damit und bin sehr glücklich mit meiner Familie und meiner Arbeit."

Fünf Jahre später war der zweite Sohn noch immer in seinem Heimatdorf, bei seiner Familie. Die beiden Brüder arbeiteten nun gemeinsam in der Gärtnerei, sie waren sehr erfolgreich damit und weit über die Grenzen hinweg bekannt. Der erste Sohn kümmerte sich weiterhin um die tagtäglichen Aufgaben wie Gießen, Einpflanzen und Umtopfen und der zweite Sohn, der kümmerte sich um bestehende Kunden und Neukunden, um neue Trends und innovative Züchtungen.

Der zweite Sohn reiste oft in der Welt herum und brachte immer wieder neue Ideen mit in die alte Gärtnerei. Und jedes Mal, wenn er von einer Geschäftsreise heimkehrte, war er sehr glücklich und zufrieden, wieder zu Hause zu sein, bei seiner Familie, seiner Frau und seinen Kindern und freute sich, diese in die Arme schließen zu können. Er liebte sein Leben, er liebte die täglichen Herausforderungen und er sah keinen Grund mehr, einfach davonzulaufen.

„Das Glück besteht nicht darin, dass du tun kannst, was du willst, sondern darin, dass du immer willst, was du tust." (Lew Nikolajewitsch Graf Tolstoi)

*"Es ist schwer, das Glück in uns zu finden, und es ist ganz unmöglich, es anderswo zu finden."
(Nicolas Chamfort)*

„Er, der unzufrieden ist an einem Ort, wird selten glücklicher an einem anderen Ort." (Aesop)

So eine Unverschämtheit

Frau Koch ist alleinerziehende Mutter und lebt in einem kleinen Haus am Stadtrand - mitten in einer kleinen Siedlung von Einfamilienhäusern. Sie ist erst vor einigen Monaten dorthin gezogen.

Früher lebte sie mit ihren zwei Kindern in einem großen Wohnklotz und sie hat sich dort nie richtig wohl gefühlt. Alles war dort so anonym, keiner interessierte sich für die anderen und jeder lebte für sich - allein vor sich hin. Sie hatte sich daher schon sehr auf die Übersiedlung gefreut und war damals noch voller Zuversicht auf ein besseres Miteinander in der kleinen Siedlung. Doch weit gefehlt. Es war auch hier nicht allzu leicht, mit den Nachbarn in Kontakt zu kommen. Nur mit einer Familie - mit Familie Lackner, die auch zwei Kinder im Alter ihrer beiden hat, - ja, mit der verstehen sie sich recht gut und sie treffen sich auch ab und zu.

Aber der direkte Nachbar, der ist irgendwie komisch. Ein alleinstehender Mann um die 40 und er wirkt immer recht unzufrieden. Wenn sie ihn zufällig trifft - bisher ist das drei Mal passiert, grüßt er sie nur mit einem Grummeln, unverständlich und ohne sie dabei anzuschauen. Frau Koch ist eine recht fröhliche Frau und fast immer gut drauf. Sie ist extrem praktisch veranlagt und es gibt nichts im Haus, was sie nicht selbst machen könnte. Sie bastelt für ihr Leben gerne und kennt sich mit handwerklichen Dingen hervorragend aus. Sie kann dadurch viel Geld für Handwerker einsparen und für sie ist es ein wunderbares Hobby.

Herr Hammer - der „mürrische" Nachbar von Frau Koch - ist das pure Gegenteil. Er hat - wie man so schön sagt - zwei linke Hände und braucht daher für jeden Handgriff einen Handwerker. Und wenn er einmal etwas selbst erledigt, endet das meistens in einer Katastrophe und wird dann noch kostspieliger, als wenn er gleich einen Profi geholt hätte. Herr Hammer ist grundsätzlich ein sympathischer und humorvoller Mann. Er kocht gerne und gut, er liest viel und denkt gerne über das Leben nach. Er arbeitet in einem Verlag und ist seit zwei Jahren geschieden. Seine Frau hat ihn verlassen und seither geht es ihm manchmal nicht gut. Er ist dann traurig und mit sich und der Welt unzufrieden. Warum habe ich nie Glück bei den Frauen? Warum kann ich kein normales, gemütliches Familienleben haben? Was mache ich bloß falsch?

Viele Gedanken belasten ihn und wenn ihn dann noch eine handwerkliche Herausforderung restlos überfordert, dann kann er schon ein wenig mürrisch werden. So wie die letzten drei Mal, als er die nette neue Nachbarin getroffen hat. Die ist immer so fröhlich und dürfte recht geschickt sein, was praktische Arbeiten angeht. Er hat sie schon öfters im Garten beobachtet und bewundert, wie sie alles anpackt. Sie wirkt echt sympathisch und -

im Vergleich zu den früheren Nachbarn - ist sie ein Gewinn für die Siedlung. Aber jedes Mal bisher, wenn er sie getroffen hat, war er gerade gar nicht gut drauf. Im Nachhinein hat er sich immer darüber geärgert, aber er konnte es nicht mehr rückgängig machen. So fröhliche - „Immer-Gut-Drauf"-Menschen machen ihn in solchen Situationen einfach wütend und so grüßte er die neue Nachbarin bisher nie richtig, sondern murmelte immer nur etwas in seinen Bart hinein.

Heute ist wieder so ein Tag und Herr Hammer fühlt sich am Abend gar nicht gut. Er hat schlecht geschlafen, seine Exfrau hat ihn am Telefon angeschnauzt, im Büro ist auch einiges unrund gelaufen und sein Computer funktioniert plötzlich nicht mehr. Er hat schon alles Mögliche ausprobiert, aber er schafft es nicht, ihn zum Laufen zu bringen.

Frau Koch ist am Vorbereiten des Abendessens und Essen kochen ist die einzige Tätigkeit zu Hause, die ihr nicht wirklich Freude macht. An diesem Abend geht dann auch alles schief, was schief gehen kann. Der Reis kocht über und während sie das Putzmittel für die Kochplatte suchen geht, brennt der Reis richtig gut an. Sie möchte eine neue Packung holen, doch die Packung ganz hinten im Regal, von der sie immer dachte, das sei noch eine volle Packung, ist so gut wie leer. Zehn einsame Reiskörner purzeln in den Topf, als sie die Packung reinleeren möchte. Super! Was soll sie jetzt machen? Sie hat keine Nudeln und keine Kartoffeln mehr und die Kinder haben sich doch schon auf ihre Reispfanne gefreut. Sie ist so richtig stinkesauer.

Frau Koch ist selten sauer, aber dieser Abend war ein richtiger Nerve-Abend. Wo bekomme ich jetzt Reis her? Bis ich beim nächsten Supermarkt bin, sind die Geschäfte geschlossen! Die Familie Lackner ist auf Urlaub und sonst? Ich könnte unseren Nachbarn fragen, aber der war bis jetzt immer so mürrisch, der gibt mir sicher keinen Reis. Dieser Griesgram wird mich nur anschnauzen oder mich auslachen. *„Ja, ja. Die immer fröhliche Nachbarin ist auch mal grantig. Na so was aber auch... Der Reis ist ausgegangen, das tut mir aber wahnsinnig leid. So gerne würde ich Ihnen helfen, aber ich habe nie Reis zu Hause und wenn ich einen hätte, dann wohl nicht für eine Nachbarin, die alles nur lustig findet... Sie sind doch eh geschickt und praktisch veranlagt, Sie werden schon eine Lösung finden..."* Rumps, und die Tür würde zufallen und sie würde da stehen, ohne Reis und wäre noch grantiger als sie eh schon ist. Dieser Nachbar kann mir doch echt gestohlen bleiben! Bevor ich zu dem rübergehe, verhungere ich lieber. Dann essen wir halt heute Abend nur das Gemüse und Schluss.

Frau Koch ist so sauer, dass sie wutentbrannt und lautstark aus dem offenen Fenster brüllt: „So eine Unverschämtheit. Ihr Verhalten ist echt das Letzte. Behalten Sie sich doch Ihren verdammten Reis, Sie Miesmacher, Sie Geizhals. Solche

Nachbarn können mir echt gestohlen bleiben. Reis, Reis, Reis! Ich brauche Ihren Reis nicht! Lieber verhungern wir!"

Herr Hammer hört das Geschrei der Nachbarin und wird aus seiner schlechten Laune herausgerissen. Was ist denn mit der los, denkt er sich. Die kann ja auch richtig wütend sein, irgendwie süß! Mit wem oder von wem redet die da eigentlich? Hoffentlich meint sie nicht mich? Er muss schmunzeln, als er sich die Nachbarin in der Küche vorstellt. Wutentbrannt und zornig. Er packt seine Reispackung, geht hinüber und läutet an. Die Kinder öffnen die Tür und er sagt lächelnd: „Ich glaube, Eure Mutter braucht zum Kochen noch etwas Reis. Bringt mir den Rest bei Gelegenheit bitte zurück. Schönen Abend noch und lasst Euch den Reis gut schmecken." Die Kinder bedanken sich, nehmen die Reispackung und bringen sie in die Küche. Frau Koch schaut irritiert und sagt nur: „Oh, das ist aber nett von ihm."

Nach dem Abendessen geht Frau Koch – etwas verlegen, aber sonst wieder guter Dinge - rüber zum Nachbarn und bringt die Packung Reis zurück.

„Vielen Dank, Herr Hammer. Ich will gar nicht wissen, wie Sie davon erfahren haben, dass mir der Reis ausgegangen ist. Sie haben aber jedenfalls unseren Abend gerettet. Die Reispfanne hat uns allen sehr gut geschmeckt und meine Kinder meinten, so gut war sie schon lange nicht. Ihre Reissorte muss ich mir echt merken. Danke!"

Herr Hammer lächelt die Nachbarin an und sagt: „Gerne geschehen. Dazu hat man doch Nachbarn, oder?" Beide schauen sich an. Ihre Augen lachen schon, bevor beide gleichzeitig lauthals zum Lachen anfangen.

Frau Koch und Herr Hammer plaudern noch lange an diesem Abend. Frau Koch bringt darüber hinaus den Computer von Herrn Hammer wieder zum Laufen und sie vereinbaren für das kommende Wochenende ein Treffen mit der ganzen Familie Koch. Herr Hammer wird für alle kochen, Frau Koch wird sich dafür um den Warmwasserboiler kümmern und…und…und.

„Man darf Menschen nicht wie ein Gemälde oder eine Statue nach dem ersten Eindruck beurteilen, die haben ein Inneres, ein Herz, das ergründet sein will."
(Jean de la Bruyère)

Die zeitlose Uhr

Viele Menschen leben auf dem Planeten Erde und viele davon hasten und eilen durch das Leben. In einem Tempo, wie nie zuvor. Immer mehr wird in immer kürzerer Zeit erledigt und viele Menschen haben ihre Tage vollkommen verplant. Sie haben tolle Uhren, die nicht nur Stunden, Minuten und Sekunden anzeigen, sondern Uhren, die auch Bruchteile von Sekunden – also fast jeden Augenblick - den Menschen ersichtlich machen. Einem perfekt geplanten Leben steht daher nichts mehr im Wege. Jede Minute und jede Sekunde wird gefüllt mit Terminen, Treffen und Erledigungen. Unzählige berufliche und private Termine füllen den Tag und oft auch die Nacht. Je erfolgreicher ein Mensch ist, umso eine tollere Uhr kann er sich leisten. Eine tolle Uhr, mit möglichst vielen Zeigern, die man dann stolz seinen Mitmenschen präsentieren kann.

Einige Menschen jammern darüber, keine Zeit mehr zu haben. Einige Menschen jammern, dass die Zeit immer schneller vergeht und einige Menschen jammern, dass sie dieser Lebensrhythmus langsam krank macht.

Aber es sind nur wenige Menschen, die jammern. Erfolglose Menschen - mit einfachen Uhren. Alle anderen haben gar keine Zeit zum Jammern und auch keine Zeit zum Nachdenken.

Albert ist einer von denen, die Zeit zum Jammern hätten. Sein Geschäft läuft nicht mehr so gut wie früher. Er ist Uhrmacher und die Konkurrenz ist groß. Das Wort Zeit hat ihn schon immer fasziniert. Schon als Kind hat er alle Menschen seiner Umgebung mit Fragen genervt. Was ist eigentlich Zeit? Wer bestimmt die Zeiteinheiten? Wieso messen wir die Zeit? Was täten die Menschen ohne Uhren? Wie hat das Leben der Menschen ohne Zeitmesser funktioniert? Fragen über Fragen, auf die er nie eine Antwort bekommen hat. Die Menschen hatten entweder keine Zeit, ihm diese Fragen zu beantworten, oder sie wussten es nicht.

Albert wurde Uhrmacher, weil er sich für das Wort Zeit interessierte.

Albert ist Uhrmacher und sein Geschäft läuft gerade nicht sehr gut. Er hätte viel Zeit zum Jammern, aber er jammert nicht. Er denkt nach. Er nutzt seine nicht verplante Zeit, um weiter über sein Lieblingsthema Zeit nachzudenken.

Und als er so eines Tages gemütlich beim Frühstück sitzt und nachdenkt, hat er plötzlich eine Idee. Eine neue Geschäftsidee. Voller Begeisterung geht er in seine Werkstatt und zeichnet Pläne, baut Modelle, studiert alte Bücher und geht vollkommen auf in der Umsetzung seiner Idee. So vergehen einige Wochen und Albert hat viel zu tun. Neben dem normalen Verkaufsgeschäft, widmet er jede freie Minute seiner neuen Idee und schon bald hält er sie in Händen. Die zeitlose Uhr.

Die zeitlosen Uhren sind wunderschön geworden. Schlicht, aus edlem Metall, unglaublich wertvoll und von zeitloser Eleganz und Schönheit. Wahre Kunstwerke. Er legt eine davon in eine samtige Schatulle und stellt sie voller Stolz in sein Schaufenster. Daneben stellt er ein selbstgemachtes Messingschild und auf dem steht: „Die Innovation des Jahres. Die Uhr, die Ihnen Zeit schenkt. Die Geschenkidee für erfolgreiche Menschen."

Schon bald stehen einige Leute vor seinem Geschäft und wundern sich über die schöne und so wertvoll erscheinende Armbanduhr in der Auslage. Eine wirklich einzigartige Uhr. Von zeitloser Eleganz und – die Leute können es kaum glauben – eine Uhr ganz ohne Zeiger. Die Leute schauen neugierig in die Auslage.

Plötzlich macht ein sehr gepflegter Herr einen Schritt aus der Menge und geht hinein, in das Geschäft von Albert. „Grüß Gott. Ich interessiere mich für diese neue Uhr in der Auslage. Können Sie mir bitte kurz erklären, wie diese Uhr funktioniert?", fragt der gepflegte Herr. „Ja, gerne. Diese Uhr ist etwas ganz Besonderes. Sie kann ihrem Besitzer das Wertvollste schenken, was Menschen besitzen. Sie kann Zeit schenken. Und darüber hinaus hat sie viele, ja unendlich viele Zeiger aus edlem Metall - bestückt mit vielen wertvollen Edelsteinen. Und diese Zeiger können nur Menschen sehen, die so wirklich erfolgreich sind. Also Menschen wie Sie einer sind." Dieses Argument hat den Kunden überzeugt. Er kauft die Uhr und verlässt das Geschäft.

Draußen fallen die neugierigen Beobachter über ihn her und wollen alles wissen über diese neue und innovative Uhr. Er erzählt über die Besonderheiten der Uhr und schwärmt von den umwerfend schönen Zeigern. „Seht nur, diese einzigartigen Kunstwerke. Jeder Zeiger ist anders. Jeder ist ein Kunstwerk für sich." Dann dreht sich der gepflegte Herr um und geht stolz, mit erhobenem Haupt, nach Hause. Keiner der neugierigen Beobachter gibt zu, die Zeiger nicht gesehen zu haben und vier weitere elegante Herren gehen rasch ins Geschäft, um sich sogleich auch so ein Wunderding zu kaufen.

Als der gepflegte Herr zu Hause ankommt, setzt er sich ins Wohnzimmer und betrachtet seine neue Uhr ganz genau. Sie gefällt ihm außerordentlich gut. Sie schaut so wertvoll aus. Sie ist wirklich wunderschön und er will sie unbedingt tragen und den anderen zeigen, wie erfolgreich er ist. Doch wie soll er sie nutzen, wo er doch die Zeiger nicht sehen kann? Und so beschließt er, die neue Uhr nur am Wochenende zu tragen. Zu Beginn ist er etwas unsicher und macht sich kaum Termine für das Wochenende aus. Und so verändert sich sein Leben - Schritt für Schritt.

Er steht am Wochenende immer erst auf, wenn er munter wird und geht schlafen, wenn er müde ist. Er isst, wenn er Hunger hat und macht seine Spaziergänge, wann immer er Lust dazu hat und solange es ihn freut. Einfach herrlich! Er genießt seine Wochenenden wie schon lange nicht mehr und trägt seine zeitlose Uhr - jedes Wochenende - ganz stolz am rechten Handgelenk.

Die Idee von Albert wird ein voller Erfolg. Viele Menschen tragen schon bald seine Luxus-Uhr stolz am Handgelenk.

Sie tragen sie jedes Wochenende und genießen die Zeit, die ihnen die zeitlose Uhr immer wieder auf´s Neue schenkt.

„Man sollte nie so viel zu tun haben, dass man zum Nachdenken keine Zeit mehr hat.“
(Georg Christoph Lichtenberg)

Jetzt ist die Zeit - *Gedicht*

Die Zeit vergeht, das Leben verrinnt,
vor kurzer Zeit war ich noch Kind.

Jetzt bin ich groß. Hab´ viel erlebt,
gelernt und gemacht,
hab´ oft geweint
und auch sehr viel gelacht.

So soll es sein und es ist gut,
ich nehme mit viel Kraft und Mut.

Kein Grübeln und Jammern über vergangene Zeit,
das Heute hält vieles für mich doch bereit.

Vieles war besser? Ich lass es dabei.
Vieles war schlechter? Es ist vorbei.

Alles ist da, ist in mir drin,
darüber grübeln macht wenig Sinn.

Keine Sorgen, keine Angst vor der kommenden
Zeit, das Heute hält vieles für mich doch bereit.

Was morgen kommt, noch alles passiert,
ist es das wirklich, was mich interessiert?

Viel Schönes wird kommen und alles macht Sinn,
aber wichtig ist nur, wie ich heute bin.

Ich genieße jeden Moment - ganz ungestört,
denn nur das Jetzt ist die Zeit, die mir gehört.

Kein Gestern, kein Morgen,
kein Jammern und Sorgen.

Ich pflück´ jeden Tag und werde nicht satt,
denn nur heute findet mein Leben statt.

„... und wenn ich wüsste, dass morgen die Welt in tausend Stücke zerbräche, ich würde heute noch einen Baum pflanzen." (Martin Luther)

Liebesgedichte

Kleine Momente – Seele im Glück

Wie eine sanfte Brise, ein Hauch zärtlicher Wind.

Deine Hand, deine Wärme – zutiefst mich berührt.

Deine Haut mich gestreift, ganz zart hat geküsst.

Mein Innerstes jubelt. Seele im Glück.

Wie ein gewaltiger Sturm, eine Woge voller Kraft und Magie.

Der Gesang, diese Stimme – zutiefst mich berührt.

Die Melodie dringt ein. Nimmt gefangen. Berauscht.

Mein Innerstes jubelt. Seele im Glück.

Wie ein wertvolles Gemälde. Kunstwerk. Unwirklicher Traum.

Die Landschaft liegt vor mir - zutiefst mich berührt.

Die Farben – sie leuchten, umfluten mein Selbst.

Mein Innerstes jubelt. Seele im Glück.

Wie ein inniger Kuss. Voller Leidenschaft. Liebe.

Das Gedicht sprengt die Mauern - zutiefst mich berührt.

Die Worte dringen ein. Sie berühren mein Herz.

Mein Innerstes jubelt. Seele im Glück.

Ich möcht´...

Ich möcht´ so vieles und doch auch nur eins.

Ich möcht´ mich verlieren.
Verlieren, um mein wahres Ich zu finden.

Ich möcht´ alles hinter mir lassen.
Hinter mir lassen, um alles wieder vor mir zu haben.

Ich möcht´ an nichts mehr denken.
Nicht mehr nachdenken, um Alles zu wissen.

Ich möcht´ wie angewurzelt stehen bleiben.
Regungslos dastehen, um den Tanz des Lebens zu tanzen.

Ich möcht´ träumen - die Leichtigkeit des Seins.
Einfach träumen, um aufzuwachen aus dem alltäglichen Tun.

Ich möcht´ blind sein vor Liebe.
Mit verschlossenen Augen sehen, um den Sinn des Seins zu spüren.

Ich möcht´ vor Sehnsucht verglühen.
Verglühen, um meinen Seelenfrieden zu finden.

Ich möcht´ mich voller Hingabe öffnen.
Öffnen, um alles Glück der Welt in meinem Herzen einzuschließen.

Ich wollte so vieles und doch auch nur eins.
Ich wollte die Liebe – das wunschlose Glück.

Nun hab´ ich sie gefunden.
Alles Möchten verschwunden.

All mein Möchten erfüllt,
wenn deine Liebe mich umhüllt.

So soll Liebe sein

Geraubter Verstand, Verrücktheit und Spiel.
Und doch voller Weisheit. So soll Liebe sein.

Schmerzende Sehnsucht, ungeduldiges Leid.
Voller Glück und Lebendigkeit. So soll Liebe sein.

Entspannte Erregtheit, zufriedene Stille.
Die Seele kommt zu Wort. So soll Liebe sein.

Nur einen Moment, einen kurzen Augenblick.
Die Ewigkeit gespürt. So soll Liebe sein.

Gedanken über die Liebe

Liebe öffnet das Tor zur Ewigkeit.

Liebe ist die Sprache der Seele.

Lass uns eintauchen in den See der Liebe. Eintauchen, untergehen und versinken bis ans Ende der Welt.

Sobald das Verlangen nach Mehr nicht mehr deinen Verstand blockiert, findest du den wahren Reichtum des Lebens. Die Liebe.

Dein Innerstes kann nur durch Liebe berührt und entdeckt werden, denn nur Liebe erreicht deine Seele.

Es war nur ein Moment. Und die Welt stand still. Atemloses, gedankenloses, zeitloses, wunschloses, bedingungsloses Glück.

Im Hier und Jetzt die Ewigkeit gespürt.

Gelebt.

Liebe eben.

Verlassen

Ich kann es nicht fassen,
er hat mich verlassen,
plötzlich, unerwartet und gemein,
zurückgelassen - ganz allein.

War nie allein, bin verzweifelt, weg ist das Glück,
das darf nicht wahr sein, kein Weg führt zurück.
Ich weiß nicht ein, ich weiß nicht aus,
komm ich jemals da wieder heraus?

Ich blicke in die Zukunft - voller Grauen.
Wie soll ich jemals wieder vertrauen?
Hab´ Angst vor morgen, was wird da sein,
ich bin verzweifelt, hilflos und ganz allein.

Das ewige Grübeln, es macht mich verrückt.
Es hat keinen Zweck, kein Weg führt zurück.
Das Leben geht weiter. So, oder so.
Traurig, betrübt oder heiter und froh.

Es liegt ganz bei mir, was ich daraus mache,
es ist mein Leben und meine Sache.
Ich spüre ganz tief in meinem Herzen,
zu Lebendigkeit, Leben, gehören Freuden und
Schmerzen.

Zwei Jahre später, ich kann es nicht fassen,
so viel ist passiert - ich nehm´ es gelassen.
Ich steh´ auf dem Hügel – bin ganz allein,
genieße es einfach nur da zu sein.

Zuversicht, Hoffnung. Innere Ruhe und Glück,
ich habe sie gefunden, sie sind zurück.
Ich bin ganz bei mir, nehme alles wahr.
Der Wind, er berührt und küsst mein´ Haar.

Der Ausblick verzückt. Es ist ganz still.
Ich kann jetzt leben, wie ich will.
Der Duft weckt Erinnerungen, er ist so fein.
Leichtigkeit leben, so soll es sein.

Gestern geweint und heute gelacht.
Allein sein ist schön, wär hätte das gedacht.
Ich stehe noch lange und blicke hinunter,
ins Tal, auf die Welt, sie wird bunt immer bunter.

Ein halbes Jahr später, ich kann es nicht fassen,
viel ist passiert, ich nehm´ es gelassen.
Es war ganz leicht, sich einzulassen.
Vertrauen und Offenheit zuzulassen.

Ich hab sie gefunden, die Liebe zu mir,
unendliche Freiheit, das Leben im Hier.
Ich kann mich jetzt öffnen, berühren lassen,
mich hingeben - ganz tief - und bleibe gelassen.

Ich steh´ auf dem Hügel – bin nicht mehr allein.
Wir genießen es beide, einfach da zu sein.
Er hält meine Hand und drückt sie an sich.
Sagt ganz ohne Worte: Ich liebe dich.

Tiefe Berührung. Leichtigkeit. Zufriedenes Sein.
Nie mehr allein.

Liebe ist alles, ohne Liebe nichts.

Über das Glücklich sein

Glück kommt und geht.

Es lässt sich nicht festhalten und nicht suchen.

Es lässt sich nicht kaufen, es wird uns geschenkt.

Es lässt sich nicht erzwingen, aber es lässt sich finden.

Glück kommt und geht.

Es kommt in Momenten, die nur dir gehören.

Es kommt in Momenten, in denen du dich selbst gefunden hast.

Es kommt und bleibt nur einen kurzen Augenblick.

Glück - vollkommener Gleichklang mit dir selbst.

Glück kommt und geht.

Immer wieder. Gott sei Dank!

Lightning Source UK Ltd.
Milton Keynes UK
UKHW021857131220
375014UK00005B/578